カレ[illegible]な夏休み

谷口雅美
TANIGUCHI MASAMI

講　談　社

わたしのカレシな夏休み

もくじ

1章　チャンス、到来《とうらい》！　5
2章　美味《おい》しいがいっぱい、花咲町《はなさきまち》　11
3章　鼻と迷子《まいご》　21
4章　初めてのスパイスカレー　29
5章　ドキドキ、ランチタイム　44
6章　美味《おい》しい約束　51
7章　マンゴーデニッシュの秘密《ひみつ》　60
8章　ショウくんのスパイスカレー　69

9章 タッキくんの提案《ていあん》 82
10章 カレー会議 92
11章 吸《す》って、吐《は》いて 103
12章 たこせん 116
13章 コフタカレーに挑戦《ちょうせん》！ 123
14章 コフタの落《お》とし穴《あな》 135
15章 試食会 145
16章 ワンコイン・イベント 152
17章 さよなら、花咲町《はなさきまち》 169

装画　KOUME
装丁　岡本歌織（next door design）

1章　チャンス、到来《とうらい》！

ジリリリリ、ジリリリリ！　うるさく鳴っているめざまし時計を急いで止める。

夏休みだし、もうちょっと寝《ね》ちゃおうっと。でも、目を閉《と》じたとたん、鼻が勝手に動いて、そのにおいを見つけてしまった。

ふわん、と小麦とバターのいい香り。これはアレだ。はちみつと生クリームの入った——。

「『キジマ』の生食パン！」

一瞬《いっしゅん》で目がさめた。

「パパ、パパ！『キジマ』の生食パン、買えたのっ？」

『キジマ』はパパの会社の近くの有名なパン屋さん。人気の食パンはすぐに売り切れちゃう。

「どうしてわかったんだ？　パパが帰ってきたときには、もう寝てたのに。」

「においよ、パパ。ハルカってば、警察犬《けいさつけん》みたいに鼻がいいんだから。」

おねえちゃんがトースターからパンを取り出しながら言う。パンの上にのせたアボカドが今にも落っこちそう。おねえちゃんは、最近、スライスしたアボカドとスライスチーズをパンにのせて焼くのにハマってる。

「『キジマ』の生食パンのにおいなんて、だれだってわかるよ。」

「フツーはわかんないの。その鼻、なにかの役に立ったらいいのにねぇ。」

わたしはおねえちゃんに「いつか役に立ちますぅ。」と言い返し、食卓《しょくたく》についた。

焼いた食パンにバターとシナモンシュガーをどっさりつけるのがわたし流。バターのちょっとだけしょっぱいのと、シナモンシュガーの甘《あま》さと香りが混《ま》じって、大好きな味になる。

「ハルカ。お買い物、おねがいね。」

ママからわたされたメモには『ニンジン、ジャガイモ、玉ねぎ、豚肉《ぶたにく》、シメジ』、そして、『カレーのルー』。

晩《ばん》ごはんは大大大好きなカレーだ！

うちのカレーは、甘口《あまくち》と中辛《ちゅうから》のルーを半分ずつ混ぜてつくる。

ママがよそってくれたポークカレーの上に、わたしはスーパーで買ったコロッケをのせた。おねえちゃんは焼いたソーセージ。

カレーが好きなのはこういうところだ。なにをのせても美味《おい》しい。だれとでも仲よくなれる、クラスの人気者みたい。

「大きくなったらカレー屋さんになりたいなぁ。お客さんが好きなものをのせられるようにするんだ〜。ゆで卵《たまご》でしょ、からあげ、エビフライ、ミートボールにハンバーグ！」

「それ、ハルカの好きなものじゃん。」

おねえちゃんが笑いながらカレーを食べる。

「カレーもね、いろいろ変えるの！　ビーフ、チキン、エビ、えーっと……。」

「ホタテは？　前にレストランで食べたホタテのカレー、美味しかったよね。」

「美味しかった！　じゃあ、ホタテでしょ、それから――。」

「ハルカの場合は、基本《きほん》のカレーをつくれるようにならなきゃ。お料理ダメダメでしょ。」

「ダメダメじゃないよ。ダメ、ぐらいだもん。」

うそ。本当はダメダメ。包丁は指を切りそうでこわいし、中火とか弱火もよくわからない。

「浩司《こうじ》さんに弟子《でし》入りすれば？」

浩司さんというのはママの弟で、大阪の花咲町《はなさきまち》というところでカレー屋さんをやっている。同じレストランで働いていた静流《しずる》さんといっしょにお店を始めて三年目だ。

「おじさんのお店が近くにあったら絶対《ぜったい》に弟子入りするのに。」と言ってわたしはハッとした。夏休みなんだし、近くに――大阪にわたしが行けばいいんだ！

パパとママに「夏休みの間、浩司さんに弟子入りしたい。」と相談すると、パパは大きなため息をついた。

「ハルカ。弟子入りってそんな短い日数でするもんじゃないぞ。何年も何年もかけて技術《ぎじゅつ》や知識を習得《しゅうとく》するんだ。」

ママもうなずいた。

「そうね。浩司だってレストランで何年も修行《しゅぎょう》したあとで独立したんだし…

「……じゃあ、浩司さんに直接、聞いちゃダメ？　ダメならあきらめるから。」

パパとママは浩司さんが絶対に断ると思っていたんだと思う。だから、浩司さんがあっさり「ええよー。」と言ったとき、すっごくおどろいていた。おねえちゃんも。

「ちょ、ちょっと浩司。本気？」

ママが電話に向かってあせっている。

「まあ、弟子入りは冗談《じょうだん》として。ハルカから聞いたで。今年の夏休み、どっこも遊びに行く予定ないんやろ？　なんもない夏休みってかわいそうやんか。」

そう。そうなのだ！　パパとママはお仕事。中学三年生のおねえちゃんは受験勉強。仲よしの友だちも塾やおけいこで忙しくて、なかなかいっしょに遊べない。つまり、この夏休み、わたしはとってもヒマだった。

「俺も忙しいからそんなに相手はでけへんけど……違う町で暮らすってだけでも子どもにはオモロイ体験になると思うわ。花咲町は子どもも多い地域やし、安全安心やで。」

静流さんの息子《むすこ》のショウくんもわたしと同じ小学五年生なんだって。

「浩司さん、すぐ行ってもいいの？」

「おう、ええで。地元でイベントもあるから楽しみにしとき。」

イベントってお祭りかな？　ワクワクしているわたしにママが心配そうに言う。

「ハルカ。花咲町のイベントってお盆《ぼん》明けの週末よ。三週間もお泊まり、大丈夫なの。」

「え、三週間……。」

「ムリでしょ。ハルカなんてまだ子どもなのに。」

わたしはおねえちゃんにプゥッとほっぺたをふくらませて見せた。

「ムリじゃないよ、もう高学年だもん。三週間ぐらい平気だよっ。」

パパは電話の向こうの浩司さんに「迷惑だったら、すぐに送り返してくれていいから。」なんて言ったあと、わたしを前に座らせた。

「ハルカ。パパと約束しよう。浩司くんや静流さん、大人の言うことを聞く。失敗したらごめんなさいって言う。自分のことは自分でする。夏休みの宿題はちゃんとやる。去年みたいに、最終日に自由研究のテーマが決まってない！なんて大さわぎするのはダメだぞ。」

「うん、約束は絶対に守るっ。」

こうして、わたしは大阪へ行くことになった。

2章　美味《おい》しいがいっぱい、花咲町《はなさきまち》

わたしが住んでいる横浜《よこはま》と比《くら》べると、大阪はちょっと湿《しめ》っぽいにおいがする。晴れているのに、雨が降《ふ》っているときみたいな不思議なにおい。

新大阪駅までわたしを迎《むか》えにきてくれたのは静流《しずる》さんの息子《むすこ》、ショウくんだった。名前は聞いてたけど、会うのははじめて。髪《かみ》の毛《け》が短くて背《せ》が高い。キリッとしていて、童話に出てくる王子さまみたい。

でも、なんだか顔がこわい。なんか……怒《おこ》ってる？

「荷物、これだけですか。」

ショウくんはそう言って、わたしの手からキャリーケースやおみやげが入った紙袋を受け取った。持ってくれるんだ。怒ってるわけじゃなさそう、なのかな？

「ショウくんって同い年だよね。そんなに丁寧《ていねい》な言葉じゃなくていいよ。」

「ああ、そっか。――ほな、行こか。花咲町まで在来線《ざいらいせん》やから。」
ショウくんはスタスタと歩き出した。

花咲町駅の目の前は、大きな商店街だ。これだけでわたしは花咲町が大好きになった。だって――美味しいにおいだらけなんだもん！

キャリーケースを引《ひ》っ張《ぱ》るショウくんのあとを、わたしは鼻をヒクヒクさせながらついて行った。浩司《こうじ》さんが「お昼はうちのカレーをごちそうするから。」と言ってくれたから、新《しん》幹線《かんせん》の中ではジュースを飲んだだけ。お腹《なか》はペコペコで、美味しいにおいがめちゃくちゃ気になる。

店先でジュワジュワと音を立てながら揚《あ》げられているコロッケの香《こう》ばしい油のにおい。おうどん屋さんからは、かつお節と昆布《こんぶ》のにおい。

和菓子屋《わがしや》さんからはつきたてのおもちのにおいと、小豆《あずき》の甘《あま》ぁいにおい。

「おはぎ、美味しそう。みたらし団子《だんご》もいいよね。」

ショウくんはチラリとわたしを見たけど、なにも言わなかった。甘いものは好きじゃないのかな？

月
お好みやき
たこやき
コロッケ
せんべい
摂津屋

おにぎり屋さんでは、いなり寿司《ずし》の甘辛《あまから》いにおいと、炊《た》き込《こ》みごはんのにおいが戦っていた。たこ焼きとお好み焼きのお店からは、ソースと青のりと紅《べに》ショウガの混《ま》じったにおい。

「わ、たこ焼きとお好み焼きのお店二軒《けん》目だっ。大阪って感じだよね。あ〜、美味しそうなにおい〜。」

おせんべい屋さんからは、オコゲができるときみたいな、こんがり香ばしいにおいがした。ゴマとか梅、海苔《のり》のにおいもする。紙袋に入ったベビーカステラからもふんわりふわふわ、甘いにおいがしている。

「美味しそう……。」

鼻をヒクヒクさせてたら、ショウくんがぶっきらぼうに言った。

「ハルカちゃんって食《く》いしん坊《ぼう》？」

「えっ、なんでわかるの？」

ショウくんは答えない。そりゃ、わかるか。わかるよね……。

「カレーは……。」

「カレー？　大好きだよっ。」

ショウくんが口をへの字にした。えっ、お母さんがカレー屋さんで働いてるのに、嫌《きら》いなのかな。理由を聞こうと思ったら、ショウくんはおせんべい屋さんを指さした。

「この『摂津屋《せっつや》』さん、奥《おく》でおじさんがおせんべいとベビーカステラ焼いてんねん。」

「焼きたてだから、いいにおいなんだねぇ。」

お店の奥をのぞきこんだけど、長いのれんがかかっていて見えない。エプロンをつけたおばさんがチラシをくれた。

「イベントのときやったら、奥も入れるからね。」

空色のチラシの真ん中には『花咲町　ワンコイン・イベント』という文字と日付が書かれていた。わたしが横浜に帰る直前の土日だ。これが浩司さんが言ってたイベントなんだ！

でも……ワンコイン・イベントってなんだろう――わたしはポシェットにチラシをしまった。


ショウくんは相変わらずこわい顔というかむずかしい顔をしてるけど、美味しいにおいはまだまだ続いていて、わたしはウキウキしていた。

点心《てんしん》のお店は、店先に置かれた蒸《む》し器《き》から湯気が出ていた。豚《ぶた》まんのにおいだ！　できてアツアツ、フッカフカの皮にかぶりつきたいなぁ……。

よだれが出そうになったから、急いで食べ物屋さんじゃないお店にも目を向ける。

クリーニング屋さんに靴屋《くつや》さん、整体院。オシャレで派手《はで》な服が並《なら》べられた洋服屋さん。カードゲームのお店のとなりには、プラモデルや古いオモチャが飾《かざ》られたお店。本屋さんからは、新品の教科書と同じにおいがする。勉強は苦手だけど、このにおいはすごく好き。

よく見ると、あちこちのお店にさっきの空色のチラシが貼《は》られている。ショウくんに、イベントのことを聞こうとしたとき――。

甘くてあったかくて香ばしい、いいにおいがしてきた。

「焼きたて、できたて、ホッカホカやでぇ。」

ハチマキを巻《ま》いたおにいさんが、鉄板の上のたい焼きを軍手をつけた手で前の四角いザルに素早《すばや》く置いていく。たい焼きから湯気が立ちのぼり、アンコだけじゃなく、クリームやチョコのにおいもする。お、美味しそう……！　近寄りたくなるのをなんとか我慢する。

「ハルカちゃん。こっち。」

ショウくんに呼《よ》ばれて入ったのは、『豆腐《とうふ》の品川紋四郎《しながわもんしろう》商店』と書かれた古くて立派《りっぱ》な木の看板《かんばん》がかかっているお店だった。

ひんやり気持ちがいい店内は、やわらかくて甘いにおいと、青くさいにおいが入り混じっている。わたしは鼻をヒクつかせた。

「これって……お豆腐のにおい？　お豆腐ってこんなにおいなんだ。」

店先には大きな水槽《すいそう》。白い四角がいくつも沈《しず》んでいて、プールみたい。水槽はふたつに区切られていて、カードに『もめん　煮《に》ものに！』『きぬごし　ひややっこに！』って丸っこい文字とかわいいイラストつきで値段《ねだん》が書いてある。

いいなぁ、お豆腐、涼《すず》しそう……と思っていたら、横から知らない顔がひょいっと出てきた。

「わっ。」

わたしと同じぐらいの背丈《せたけ》の男の子が「こんにちはー。」と笑いかけてきた。ふにゃって音がしそうな笑顔《えがお》につられて、わたしも「こんにちは。」って笑い返した。

「品川タツキです。ショウの友だちで、ここはおじいちゃんとお父さんがやってるお豆腐屋さんやねん。よろしくー。」

男の子がペコリと頭を下げると、やわらかそうな髪の毛がふわんと目の前で揺《ゆ》れた。太くてゴワゴワしているわたしの髪の毛と大違《おおちが》いだ。

「菊池《きくち》ハルカです。『バンブー』っていうカレー屋さんをやってる浩司さんの姪《めい》です。三週間、花咲町で暮《く》らします。よろしくお願いします。」

「うん、ショウから聞いてる。横浜から来たんやって？」

「ハルカちゃん、行くで。タツキ、またな。」

ショウくんはそう言うと、なにも買わずにお店から出てしまった。

え、なにしにきたの？　ショウくんの考えてることが全然わからない。仕方がないから、やさしそうなタツキくんに思い切って聞いてみる。

「あの、品川くん。ショウくんっていつもあんな感じ？」

「タツキでええよ～。あんな感じってどんな感じ？」

「会ったときから、ずぅっとこわい顔してるんだけど、わたし、もしかして嫌われてる？なにかマズイこと言ったりしたりしちゃったのかな？」

タツキくんは「あ～、ごめん！　きっとボクのせいや。」と笑った。

「ショウってカレーが大好きで、頭ん中、カレーしかないって感じ。ほんで、むずかしいことばっかり言うんやもん。」

「カレーでむずかしいこと？」

給食のカレーと違うなぁとか、なにのっけたら美味しいかな、ってことぐらいしか考えたことない……。

「スパイスがどうとか、香りの構成《こうせい》がどうとか、バーッとしゃべんねん。ボクは慣《な》れてるけど、ハルカちゃんがビックリするやろなって思てん。せやから、カレーの話はしたらあかんでって、昨日ショウにキツめに言うてしもた。」

わたしが「カレー大好き。」って言ったときのへの字口を思い出した。あのこわい顔はカレーの話をしたくてたまらないのを、がまんしてる顔ってことかぁ！　ホッとした。

「そんなにカレーが好きなの？」

「うん。もうね、おまえはカレー星人かって感じ。」

ショウくんが真っ赤な顔でもどってきて、「タツキ。よけいなこと言うなよ。」とホッペをむにーと引っ張った。

「ひはい（イタイ）、ひはい。」

言いながら、タツキくんがショウくんの鼻をつまんでやり返す。ふたりともあんまり力は入れてないみたいで楽しそうに笑いあってる。

「仲いいんだね、うらやましいなぁ。」

「ハルカちゃんかて、横浜に友だちおるやろ？」

「うーん、いるんだけどね……。」

最近は遊べなくなってしまった、という話をすると、タツキくんがニカッと笑った。

「ほんなら、こっちにおる間、ボクらと遊んだらええやん！　な、ショウ。」

ショウくんがうなずく。

いきなり友だちがふたりできた！

タツキくんに手をふり、わたしたちはお店を出た。

3章　鼻と迷子《まいご》

タツキくんちの『品川紋四郎《しながわもんしろう》商店』にも空色のチラシが貼《は》ってあった。

「ワンコインは硬貨《こうか》一枚《まい》っていう意味。イベントの二日間だけ、百円とか五百円の特別メニューが出る。」

ショウくんは相変わらずぶっきらぼうだけど、ワンコイン・イベントのことをちゃんと教えてくれた。

「例えば、あのからあげ屋さんは紙コップいっぱいのからあげで百円。」

「え、安い！」

「お好み焼きとドリンクセットで五百円とか、たい焼き全種類セット六百円のところを五百円とか。」

「さっきのおせんべい屋さんも？」

「前回はせんべいの手焼き体験、五百円やったと思う。焼いたせんべいも持って帰れる。」

「うわぁ、面白《おもしろ》そうっ。どのお店でなにが出るのか、もうわかってるの？」

「特別メニューはギリギリになるまでわからへんけど。」

ショウくんはポケットから出したスマホをすいすいっと操作《そうさ》して、わたしに見せてくれた。

「これ、ネットにアップされてる、去年のワンコイン・イベントの画像《がぞう》。」

文房具《ぶんぼうぐ》や雑貨《ざっか》の詰《つ》め合《あ》わせや、体操《たいそう》やダンス中の写真をアップしてる人もいる。でも、やっぱり多いのは、美味《おい》しいものの写真だ。

かき氷を食べてる写真。焼き鳥を両手に持ってる写真。他にもたい焼き、おにぎり、おうどん、卵《たまご》焼《や》き、たこ焼き、お好み焼き、クレープ、ギョウザ。ちょっとコゲちゃってるおせんべいと、おせんべいを焼いてる子どもの写真。

日本人だけじゃなくて旅行者みたいな外国の人も多い。み〜んな笑顔《えがお》だ。

「いつもより安いし、美味しいものだらけやって口コミで広がってるからお祭りみたいになるねん。夏休み最後のイベントやから、人がめっちゃくる。」

「いいなぁ、地元でこんなイベントがあるなんて。」

話しているうちに、アーケードの屋根がなくなっちゃった。

「これから先がグルメロード。」

グルメロードは日差しをさえぎるものがなくて暑そう。商店街の一番端《はし》っこの『せやまフルーツ』の前でわたしは大きく息を吸《す》い込《こ》んだ。

スイカ、レモン、グレープフルーツ、キウイ、バナナ、もも、ぶどう——甘酸《あまず》っぱいにおいが体の中の熱をスウーッと消してくれた。

「『バンブー』まではあとちょっとやから。」

よし！　歩く元気をもらって、わたしとショウくんは太陽が照りつける道に足をふみ出した。


『花咲町《はなさきまち》グルメロード』も美味しそうなにおいだらけだった。

ニンニクとおしょうゆのにおいがしているラーメン屋さん。コーヒーのオトナな香りのする喫茶店《きっさてん》。クレープ屋さんからはクリームやチョコの甘いにおいと、チーズやソーセージ、スクランブルエッグのにおい。

ショウくんが最初の四つ角で立ち止まった。

「たのんでたスパイスもらってくるから、ここで待ってて。」

スパイスってなに？　と聞く前に、ショウくんはわたしの荷物を日かげに置くと、右の道をタタッと走って行ってしまった。

グルメロードにも空色のチラシが貼ってある。他にどんなお店があるのかなぁ、とキョロキョロしていたら、左のほうから、すっごくいいにおいがしてきた。

アツアツの鉄板、ソースのにおい。海のにおい。海鮮《かいせん》焼きそばかな？　でも、違《ちが》う気もする。うわぁ、なんなのか知りたいっ。

ショウくんはまだ帰ってこない。このにおいがなにか、たしかめるだけ。すぐもどってこよう――わたしはにおいがするほうへ走った。

ひとつ角を曲がったところ、少し高くなった台の上でおばさんがなにかを焼いていた。

「鉄板、熱いから気ぃつけや。こっちのほうがよう見えるで。おいで。」

手まねきされて、一歩お店の中に入ると――ホントだ、おばさんの手元がよく見える。

ホットサンドをつくる機械みたいに上にも下にも鉄板がある。

おばさんは焼き上がったうすいお好み焼きみたいなのをひょいっとお皿にのせると、「お待たせしました〜。」と奥《おく》に座《すわ》っていたお客さんに渡《わた》した。

そして、なにもなくなった鉄板に卵をポン、ポンとふたつ割《わ》り入《い》れる。

目玉焼き？　と思ったら、どちらの卵の上にも白っぽい生地《きじ》をかけた！　お好み焼きみたいにキャベツは入ってなくて、ところどころ、白いかたまりが混《ま》じってる。イカだ。

じゅー、じゅわじゅわと音を立てる生地の真ん中、卵の黄身をヘラの角っこでコンコンとつぶすと、上側の鉄板をぐっと下げた。

本当にホットサンドみたい！　じゅー、じゅじゅじゅじゅじゅーという音とイカのいいにおいが広がる。

少しすると、おばさんが「よいしょ。」と上側の鉄板を持ち上げた。

焼き目のついた、平たいお好み焼きみたいなのができてる！

おばさんはヘラでふたつに切ると、大きなハケでソースをたっぷり塗《ぬ》り広《ひろ》げた。

わたしが焼けたソースのにおいをうっとりかいでいる間に、おばさんは生地をパタンと折りたたんで持ち帰り用のパックふたつに入れた。

そこに今度は軽くソースをぬって、マヨネーズでシャシャシャーと線を書いていく。

うわぁうわぁ、絶対《ぜったい》美味しいよ、これ！

できたばかりの美味しいものはあっという間にレジ袋《ぶくろ》の中に。イスに座って待っていたおにいさんに「イカ焼き卵あり二枚、お待たせ！　毎度おおきに！」と渡している。

おばさんはわたしを見た。

「ほんで、おねえちゃんはなん枚？　卵はどないする？」

卵ありで一枚、と言いそうになってハッとする。浩司《こうじ》さんのカレー！

「あ、ご、ごめんなさいっ。今は食べられなくて。えっと、あの、また来ます！　絶対絶対、買いにきます！」

首をかしげたおばさんに頭を下げて、わたしは店を飛び出した。


やばい、曲がるところを間違《まちが》えたみたい。さっきと違う道に出てしまった。靴屋《くつや》さん、不動産屋さん、文房具屋さん、美容院《びよういん》、メガネ屋さん――ウロウロしていたら、入り口のガラスをふいているメガネ屋さんと目が合ってしまった。あわてて目をそらす。

小学五年生で迷子なんて恥《は》ずかしすぎる……。でも、浩司さんのお店の電話番号も知らないんだよね。どうしよう、と思ったとき、風が吹《ふ》いてたくさんのにおいが襲《おそ》ってきた。

そう！　襲ってきたっていう言い方がピッタリだった。

トマト、シナモン、トウガラシ、コショウ、ショウガ、そして、酸《す》っぱいような甘いような、ピリピリするような土くさいような、草っぽいような種っぽいような……とにかく、不思議なにおいがどっと押《お》し寄《よ》せてきた。

なにこれ、なんのにおい？　すっごくワクワクして元気になるにおいがいっぱい――。

わたしは鼻をヒクヒクさせながら、においが濃《こ》くなるほうへ、濃くなるほうへと歩き出した。

においの元は大きな公園を曲がった先にあった。なんのお店かな。近づこうとしたとき、大声で呼《よ》び止《と》められた。

「ハルカちゃん！」

わたしの荷物を持ったショウくんが走ってくる。しまった！　待ってててって言われてたんだった！

「勝手に動いちゃって、ごめんなさいっ。」

「ええよ、ええよ。場所知ってたんやな。先に行ってもらったらよかった。」

「場所？」

わたしはやっとその看板《かんばん》に気づいた。においの元、八階建てのマンションに入っている一階のお店の前に『スパイスカレー・バンブー』という看板が出てる。浩司さんの店だ！

「わたしはにおいをたどってきただけで――え、これってカレーのにおいなの？」

わたしが知っているカレーとは違うにおい。少し前にママやおねえちゃんと行った輸入《ゆにゅう》食料品のお店のにおいと似《に》てるかも。遠い国のにおいだ。

「ハルカちゃん、どの辺でにおいに気づいたん？」

「メガネ屋さんとか不動産屋さんの近くから。」

ショウくんの目が真ん丸になった。

「ウソやろ……、あんなトコまではにおい、届《とど》かへんで。」

「わたし、鼻が人よりいいから。」なんて話してたら、お腹《なか》がぐぅぅぅと鳴った。

うわ、恥ずかしいっ。

「どうぞ。」

ショウくんが笑いをこらえながら、ドアを開けてくれた。

4章　初めてのスパイスカレー

「いらっしゃい、ハルカちゃん！」

お店に入ると、レジにいた女の人が明るく声をかけてくれた。

「会うのは初めてやね。静流《しずる》です。」

静流さんの髪型はベリーショート。わたしも今すぐ髪《かみ》の毛を切りに行きたいと思ってしまうほどカッコいい。

カウンターの中で洗いものをしている浩司さんも「ハルカ、よう来たな。」と声をかけてくれた。

「静流さん、浩司《こうじ》さん、お世話になります。よろしくお願いしますっ。」

「おう。自分ちみたいに思ってくれてええからな。」

『スパイスカレー・バンブー』はカウンターだけのお店だった。丸いイスが八つ並《なら》んでいて、手前側に女の人がふたり、真ん中に男の人がひとりカレーを食べている。

女の人たちが食べ終わって立ち上がった。レジでお金をはらうのを見ていたら――。

静流さんが片手でレジを操作している。左手はずっと腰のあたりで固定したままだ。

「静流さん、お大事にね。」

「ありがとうございます。またいらしてくださいね。」

女の人たちを送り出した静流さんにショウくんが「左手、どないしたん？」と聞いた。

「さっき、回覧板《かいらんばん》を持って行ったときに転《ころ》んでしもて。」

静流さんが顔をしかめて左手を見せた。手首と手の甲が少しはれてて紫色になってる！

「お母さん、病院行ったほうがええで。」

「それ、折れてる色やわ。静流さん、ここはもうええから。」

「ほんなら病院行ってくる。ハルカちゃん、また明日ね。」

静流さんが出て行ったあと、ショウくんはお店の奥の小部屋にわたしの荷物を置くと、紺色のエプロンをつけて汚れた食器をテキパキ片《かた》づけ始めた。

「ショウくんっていつもお店の手伝いしてるの？」

「ごはん食べにきたときに忙しそうやったら、ちょっと手伝うぐらいかな。」

ちょっとって言っても、ふだんからやってないとできないよね。えらいなぁ、と思っていたら、「ハルカ、ここ、座《すわ》り。」と浩司さんがカウンターの端《はし》っこを指さした。

「お腹、すいたやろ。なんにする？　って言うてもうちのメニューはカレーだけやけど。今日のカレーは豆、チキン、豚、ほうれん草――どれがええ？」

「チキン！　あ、でも、豚もいいなぁ。えー、どうしよ……。」

「両方にしたらええやん。」

ショウくんが水の入ったグラスと、紙ナプキンに包んだスプーンをわたしの前に置きながら言う。

「いくら食いしん坊でも、そんなわがままは言えないよぉ。」

「ちゃんとメニューにあるから大丈夫。」

ショウくんがメニューの『あいがけ　できます』の文字を指さした。

「あいがけは二種類のカレーを半分ずつかけること。一種類ずつの量は少なくなるけど、味をふたつ楽しめる。」

食いしん坊のわたしにピッタリじゃない！

「じゃあ、チキンと豚の、あいがけにする。」

「辛さはどないする？　1から5まであって、1が甘口《あまくち》。数字が大きくなるほど辛《から》い。」

「辛すぎるのはムリかも……。家のカレーは甘口と中辛のルーを混《ま》ぜてるんだよね。」

「ほんなら2やな。でも、スパイスカレーは初めてやったら、1にしとき。」

わたしがうなずくと、ショウくんは「浩司さん。オーダー入ります。あいがけ、チキンと豚、辛さ1です。」と声をかけた。

「すごいね、ホンモノの店員さんみたい。」

「全然、すごないよ。浩司さんなんか、どれにするか迷《まよ》ってるお客さんの体調聞いて顔色見て、今日はこのカレーで辛さはこれぐらいにしといたら？　って言うねんで。さすが、ボクのお師匠さんや。」

お師匠さん――ということは。

「じゃあ、ショウくんって浩司さんの弟子ってこと？　あのね、わたしも浩司さんの弟子になりたくて大阪に来たの。」

ショウくんがおどろいたように浩司さんを見る。電話では「冗談《じょうだん》や。」って言ってたけど、浩司さんはうなずいて、「そういうこっちゃ。ショウ、先輩《せんぱい》としていろいろ教えてやってくれ。」と言った。

メニュー
・豆
・チキン
・豚
・ほうれん草
（あいがけできます。）

これは――わたしとショウくんは顔を見合わせた。

「浩司さん。面倒だからってわたしのこと、ショウくんに押しつけようとしてない？」

「うっ。いや、それはあれや――子どもは子ども同士がええやろっていう気づかいや。」

浩司さんがそう言ったとき、食事を終えた男の人が立ち上がった。

白のだぼっとした長そでシャツと長ズボンを着ていて、クルクルしたこげ茶色《ちゃいろ》の髪《かみ》の毛《け》は肩《かた》ぐらいの長さ。鼻が高くて外国の俳優《はいゆう》さんみたい――というか外国の人だ！

その人がニコッと笑って話しかけてきた。

「初めまして。わたしはラジーブと言います。インドからきました。この近くでヨガの先生してます。」

あわてて外国語授業《じゅぎょう》で習ったあいさつを思い出しながら言う。

「へ、へろー、まいねーむ、いず、はるか・きくち、えっとえっと、ないすとぅみーちゅー。」

「ハルカちゃん、落ち着け。ラジーブさん、日本語やで。」

あっ、そっか。わたしにわかるんだから、日本語だった……。

「わたしは浩司さんのカレーが大好きで、お昼はほとんど毎日ココです。」

「日本語、上手ですね。」

「わたしの奥さん、日本人なんです。」

またね、とラジーブさんがわたしたちに手をふって出て行くと、浩司さんが目の前にお皿をゴトンと置いた。

「ほい。チキンと豚のあいがけ、辛さ1な。」

ぶわ～っと鼻にとどいた不思議だけどワクワクするにおいは、いつものカレーよりもにおいの数がとても多かった。

お腹ペコペコのわたしはすぐにスプーンを手に取る。

「白いごはんじゃないんだね。」

エプロンを外したショウくんがとなりに座る。

「雑穀米《ざっこくまい》や。ひえ、あわ、麦、黒米、赤米、ゴマとかが混ざってて、繊維《せんい》とかビタミン、ミネラルが多い。」

ショウくんの話は、たしかにタツキくんが言った通りむずかしい。

上にかかっているカレーは赤茶色と濃《こ》いオレンジ色。真ん中で分かれていて、ピザのハーフ・アンド・ハーフみたい。

「スパイスの組み合わせで色も変わるねん。赤いほうがチキンで、オレンジのほうが豚。」

ショウくんが教えてくれた赤いチキンカレーを、わたしはスプーンでそうっとすくった。湯気とともににおいがぶわっと鼻に飛《と》び込《こ》んでくる。トマト、玉ねぎ、ショウガにニンニク、バター……、それとシナモン！　シナモンが入ってるカレー?!

大好きなシナモンにドキドキしながら、最初のひと口。

たくさんのにおいが鼻を通《とお》り抜《ぬ》けていく。初めてのにおい、嗅《か》いだことのあるシナモンのにおい。チキンがホロッと口の中でくずれた。やわらかい！　そして。

「美味《おい》しい！」

ちょっとピリッとしたけど、それは一瞬《いっしゅん》だけで、いつものカレーよりも辛くなかった。

次に食べるときは「2」にしてみようかな、なんて考えながら、お水をひと口飲んで、今度は豚のカレー。

こっちのカレーにはシナモンが入っていなかった。少し甘酸《あまず》っぱくて不思議なにおい。こっちも美味しい！　でも、このにおいなんだろう。スッとする、さわやかなにおい――これってレモンだ！　ええぇ？　カレーにレモン？　まさかね……。

「どない、ハルカちゃん。」

「どっちも美味しい！」

言ったとたん、浩司さんがカウンターの中で「よかったぁ。」と大きく息を吐《は》いた。

「スパイスカレーって、家でつくるカレーとちょっと違《ちが》うからなぁ。ムリって言われたらどないしょ、って思っててん。」

「ムリなわけないやん。浩司さんのカレー、最高やねんで。」

浩司さんがショウくんの前にお皿を置いた。

「いつもほめてくれてありがとうな、ショウ。ほい、全盛《ぜんも》り、辛さ4。」

チキンと豚、緑色のほうれんそうカレーと、茶色い豆カレー、全種類のカレーがかかっている。四つに分かれてるカレーなんて初めて見た。ピザでいうクオーター？

ショウくんがめちゃくちゃうれしそうな顔でスプーンをにぎった。

「お店では出さへん特別メニューやねん。夏休み中、ボクは毎日コレ。」

「毎日、カレーかぁ。飽《あ》きたりしない？」

「浩司さんのカレー、めちゃくちゃ好きやし、『バンブー』のカレーは毎日メニューが変わるから飽きへん。ハルカちゃんも今度は全盛りにしてみたら？」

わたしはあわてて首を横にふった。

いろんなにおいの中でも、苦手なにおいって真っ先にわかってしまう。緑色のカレーからは「ほうれんそうだぞ！」ってにおいがプンプンしていた。全盛りにしちゃうと、苦手な野菜がいっぱい入ったカレーから逃《に》げられなくなる。

でも、五年生なのに野菜が苦手、なんて言いたくない。わたしは急いで話を変えた。

「ショウくん。辛さ4ってどれぐらい辛いの？」

「ひと口、ためしてみたら。」

ショウくんが手をつけていないチキンゾーンをこちらに向けてくれた。浩司さんに小さいスプーンをもらって、ひと口。うん、さっきと同じ味。

「へえ、これで4なんだ。全然、へい……き――――っ。」

ショウくんに笑いかけたわたしは、とちゅうで思わず叫《さけ》んでしまった。

体がカーッと熱くなった。舌《した》がピリピリヒリヒリする！　辛い！　口から火が出そう！

あわてて、グラスに入った水を飲んだ。飲《の》み干《ほ》しても辛さと熱はおさまらず、どっと汗《あせ》がふき出てくる。

その辛いカレーをショウくんは汗もかかずに全部食べてしまった。すごい……。

「ハルカちゃん。カレーを食べたあと、涼《すず》しく感じひん？」

「ええっ、ううん、体が熱くなって……。」と言いかけて、あれ？　とわたしは首をかしげた。今は平気だし、サッパリした気分になってる。

「辛いカレーを食べたら汗をかく。その汗が蒸発《じょうはつ》するときに、体から熱を持ってく。そうすると涼しなる。せやから、夏の間だけ辛さをアップするお客さんもいてはる。」

「へえ、すごいね。」

わたしが「すごい」って言ったのは、物知りなショウくんのことだったんだけど、ショウくんはうれしそうな顔で「そう！　すごいねん、カレーは。」と大きくうなずいた。

「スパイスには、体をあたためるとか冷ますとか、いろんな効果《こうか》があるねんで。他にも胃《い》の働きを助けたり、毒消《どくけ》しやったり、腐《くさ》るのを防《ふせ》いだり。」

ショウくんは会ったときのむずかしい顔がウソみたい。目をキラキラさせながら、ずっと笑顔《えがお》で話している。ホントにカレーが大好きなんだなぁ。

「ねえ、ショウくん。四種類のカレーで辛さが五段階《だんかい》選べるってことは……4×5＝20。お鍋《なべ》は二十個《こ》いるってことだよね？」

聞いていた浩司さんが、笑いながらカウンターの中で両手を広げる。

「ハルカ、よう見てみ。このキッチンに二十個も鍋を置く場所はあれへんやろ。スパイスで辛さを調整してんねん。」

浩司さんはそう言うと、自分の後ろ、壁《かべ》にズラリと並んだ三十個ぐらいのビンや缶《かん》を指さした。葉っぱや枝《えだ》みたいなのや粉《こな》が入っている。

「それ、飾《かざ》りじゃなかったんだ！　オシャレに見えるから置いてあるんだと思った……。」

「全部カレーに使うスパイスやで。」

「あのぅ、ショウくん。スパイスってなに……？」

「スパイスっていうのは、料理に使う植物の実や葉っぱや茎《くき》なんかのこと。乾燥《かんそう》させたものがほとんどやけど、生のまま使うスパイスもある。シソやネギもスパイスやで。」

ショウくんは浩司さんからビンをひとつ、受け取った。

「これがレッドペッパーっていう、辛さを調整するスパイス。」

中には真っ赤な粉が入ってる。鼻を近づけようとしてやめた。フタを開けただけで、すっごく辛いにおいがプンプンしてる！

「レッドペッパーは赤トウガラシのこと。浩司さんは注文を受けると、小さい鍋にカレーを移《うつ》して、そこにレッドペッパーを混ぜる。せやから、カレーをつくる大鍋は四つだけでええねん。」

「シナモンもスパイスなの？　チキンのほうに入ってたよね。」

わたしが言ったとたん、浩司さんとショウくんが「えっ。」と声をあげた。大きな声だったから、わたしのほうがビックリしてしまった。

間違ったこと言っちゃったかな、と思っていたら――。

「ハルカちゃん。なんでシナモンが入ってるってわかったん？」

「なんでって。においがするから、シナモンの。」

浩司さんが大きくうなずいた。

「姉ちゃんが『ハルカの鼻はすごい。』って言うてたなぁ。いや、たしかにすごい。」

こんなにほめられたことがない。うれしくて、もうひとつ気づいたことを言ってみた。

「豚のほうに入ってたのはレモン、だよね？」

「えっ、レモンにも気づいたん？　ほんまに？」

ショウくんがずいっと顔を近づけてきた。

「う、うん。あとはショウガとニンニクぐらいしかわかんなかったけど。」

「もしかして、ハルカちゃんがスパイスのことを勉強したら、浩司さんのカレーになにが入ってるか全部当てられるんと違う？」

多分、当てられると思う。でも――。

「こんなにたくさんのスパイス、覚えられないよ。」

壁に並んだスパイスを指さすと、浩司さんがニヤリと笑った。

「ハルカ。スパイスはこれだけやない。百とか二百、ひょっとしたら千以上あるかもしれん。」

えええええ、そんなに覚えるなんて絶対《ぜったい》に無理！

「でも、ハルカがスパイスカレー、気に入ってくれてよかったわ。お昼ごはんは毎日食べにきたらええ。平日は一時すぎたらお客さんもへるから。」

わたしは大きくうなずいた。明日はなにカレーかな、なんて考えながら――。


浩司さんの家は『バンブー』の上、マンションの三階だ。ショウくんが荷物を持って家まで送ってくれた。

「ショウくんたちもここに住んでるんだよね？」

「そう、六階。」

ありゃ、会話が終わっちゃった。ショウくんはやっぱり、カレー以外のことはあまり自分から話すほうじゃないみたいだ。スパイスのことを聞こうかなぁと質問をさがしてたら、部屋についてしまった。ショウくんが「重いから」と中まで荷物を運んでくれる。

「ありがとう。また明日ね。」

外に出ようとしていたショウくんが、急にふり返った。

「夏休みの宿題やけど。」

うわぁ、パパとの約束《やくそく》を思い出しちゃったっ。特に自由研究……。

「ボクとタツキ、毎日いっしょに夏休みの宿題してんねんけど、ハルカちゃんもいっしょにやる？」

「やるっ。交ぜてっ。」

ひとりでやるより、三人でワイワイやったほうが絶対に進む。それに――自由研究でショウくんとタツキくんがなにをやるのか聞いたら、いいアイデアが浮《う》かぶかもしれない。

「ほんなら、『バンブー』でお昼ごはんを食べたあとでタツキんちに行こ。」

「ありがとう、また明日！」

ドアが閉《し》まる直前、ショウくんはヒラヒラと手をふってくれた。

初めての花咲町《はなさきまち》、初めてのスパイスカレー、初めての大阪の友だち――。

こんなに「初めて」だらけの夏休みは初めてだ。

5章　ドキドキ、ランチタイム

スパイスカレー『バンブー』は十一時に開店。つくっておいたカレーがなくなったらお店を閉めるんだって。

十一時少し前にお店に行くと、静流《しずる》さんが三角の白い布で左手を吊っていた。

「おはよう、ハルカちゃん。折れてたわぁ、左手。」

言いながら、片手でレジにお金をセットしている。大変そう……。

レジの準備以外にもいろいろやることがあるみたい。浩司《こうじ》さんはカレーがたっぷり入ったお鍋《なべ》をお玉でかき回しているし、ショウくんは紙ナプキンをカウンターの端《はし》っこで広げていた。

「ショウくん。なにやってるの？」

「カトラリー準備《じゅんび》。うちではスプーンはこうやって出してる。」

ショウくんはスプーンを紙ナプキンで包んで、巻《ま》き終《お》わりをきゅっとねじった。

「わ、かっこいいし、きれいだねぇ。」

「こうやって前もって準備しといたら、すぐに出せるやろ？」

クル、きゅっ。クル、きゅっ。あっという間にカゴに包まれたスプーンがたまっていく。

「そろそろ、開店するね～。」

静流さんが外に出ようとして、吊ってる腕をカウンターにぶつけて顔をしかめている。

「わたし、やりますっ。ドアのところのクローズっていう札をひっくり返して、オープンにするだけですよね？」

「そうそう。ほんなら、おねがいね。」

わたしはドアを開けると、札をクルリとひっくり返した。たったこれだけなんだけど、お店の人になったみたい。

外で待っていたお客さんが三人、中に入って行った。

「いらっしゃいませー。」

浩司さん、静流さん、ショウくんが声をそろえて言う。いいなぁ、わたしも言いたい。

「静流さん。わたしもお店のお手伝いしちゃ、ダメですか。」

「気にせんでええよ、ハルカちゃんはお客さんなんやから。」

お客さん――三週間だけいて、帰っていくヨソの人。それはその通りなんだけど、ちょっとさびしくなってしまった。

そのとき、ショウくんがすーっと近づいてきた。

「ええやん、手伝ってもろたら。昨日、浩司さんもハルカちゃんに『自分ちみたいに思ってくれてええ。』って言うてたし。お母さんのその手やったら、レジしかでけへんやん。」

静流さんが「どうしよう」って感じで浩司さんを見る。浩司さんがうなずいた。

「ほんならたのむわ、ハルカ。せやけど、ハルカもショウもムリにがんばらんでええからな。」

「ショウくん、ありがと。」

そっとお礼を言うと、ショウくんがまじめな顔でわたしを見た。

「弟子になりたくてきたんやろ？　店におるほうが、スパイスいっぱい覚えられる。」

壁に並んだたくさんのスパイスを見る。全部覚えるころには、わたしも『カレー星人』になってたりして――。

静流さんが用意してくれた新品のエプロンのベルトを後ろできゅっと結ぶ。ヘアゴムでまとめた髪《かみ》の毛《け》をスカーフで隠《かく》す。これだけで、ちゃんとしたお店の人に見える。

お客さんがお店に入ってきたら「いらっしゃいませ」、お店から出るときは「ありがとうございました」。

最初は声を出すのが恥《は》ずかしかったけど、少しずつ慣《な》れてきた。大きな声を出すのって気持ちいいし、お客さんもニコニコしながら「またくるわ〜。」と手をふってくれる。

わたしとショウくんは洗《あら》い場《ば》のお手伝いだ。

ショウくんが食器の汚《よご》れをお湯でざっと落として、食洗機《しょくせんき》に入れる。ピーピーと鳴ると、わたしが中から取り出して、浩司さんの調理台の横に並《なら》べていく。

乾燥《かんそう》してホカホカのお皿を重ねて、グラスは並べて。スプーンは紙ナプキンで包むまでカゴで待機。かんたんなんだけど、忙《いそが》しい。

平日のお客さんのほとんどは、近くの会社で働く人たちなんだって。お昼休みの間に食べ終わらなきゃいけないから、カレーをパッと決めて、ササッと食べて、お金を払《はら》ってスーッと出て行く。

「『バンブー』にはドリンクメニューがないやろ？　食べ終わったあとに長く座《すわ》り続《つづ》ける人がおらんねん。」

だから、お客さんが次々と入れかわる。汚れた食器もすぐにいっぱいになる。まだ食器を片《かた》づけている最中に、ピーピーと食洗機が鳴った。

わ、もう終わった！　と食洗機を見たとたん、ガチャン！　手がすべってグラスを落っことしてしまった。

「ご、ごめんなさいっ。」

「ええよ、大丈夫《だいじょうぶ》。」

ショウくんがモップでざっと破片《はへん》を隅《すみ》っこに寄《よ》せた。

「お店が終わったあとで片づけるから。」

お手伝いにきて、仕事を増やしちゃったなぁ……とショボンとしていたら、カウンターに座ってたお客さんが「オレなんか、お客さんのメガネ落として割《わ》ったことあるで。」と話しかけてくれた。

よく見ると――あっ、迷子《まいご》のときに通りがかったメガネ屋さんだっ。

「形あるもんはいつかこわれるよね。うちはプラスティックのグラス使ってるけど、それでも割れるもん。」

フフッと笑ったおねえさんは商店街のたこ焼き屋さんで働いてるんだって。

一時を過《す》ぎて、お客さんが会社づとめの人から、商店街や近くのお店の人たちに変わっていた。

「ハルカ。こちら、ベーカリー徳丸の店長さん。」

浩司さんが一番入り口近くにいたお客さんを紹介《しょうかい》してくれた。

となりに座っていたラジーブさんが「トクさんね。」と付け加える。

「そっちのおねえさんはレミさん、メガネのおにいさんはヤナギさん。」

「ハルカです、よろしくおねがいします。」

「ハルカちゃんってどっからきたん？」

「横浜《よこはま》です。」

「ハマっ子やね。わたし、友だちと横浜遊びに行ったことあるねん。みなとみらい、山下公園、中華街《ちゅうかがい》……次に行くとき、どこかお勧《すす》めある？」

「ちょっと遠くなるけど、鎌倉《かまくら》とか湘南《しょうなん》もいいですよ。わたし、八景島《はっけいじま》も好きです！」

そんな地元ネタでつい盛《も》り上《あ》がっていたら、食洗機がピーピー鳴り出した。やばい、前の食器を片づけないと。

「トクさん。あとで食パン買いに行きます。」

「おう、おおきに。ショウくんのとこは五枚切りやな。用意しとくわ。」

トクさんたちも食べ終わるとすぐにお店にもどって行った。

「ショウ、ハルカ。ありがとう。お昼食べてや。」

やったぁ、お昼ごはんだっ。

今日はひき肉のキーマカレーとエビカレーで、辛《から》さ2にしてみた。ちょっとピリピリするけど、うん、これぐらいの辛さが好き。

エビカレーには苦手なセロリが刻《きざ》まれて入っていて、「ヒエッ。」となったけど食べてみると平気だった。スパイスでにおいがうすまってるからかな？　シャクシャクした歯ごたえが面白《おもしろ》い。昨日のカレーとも全然違《ちが》う。

「な、毎日カレーでも飽《あ》きひんやろ？」

「うん。キーマもひき肉がどっさりで美味《おい》しかった！　お腹いっぱいで幸せ〜。」

食べ終わった食器と落としたグラスの破片を片づけると、わたしたちは外に出た。もちろん、宿題も持って。

6章　美味《おい》しい約束

トクさんの『ベーカリー徳丸《とくまる》』は、『バンブー』から歩いてすぐだった。ここにも空色のチラシが貼《は》ってある。

ショウくんが食パンを買っている間、わたしはバターとミルクが混《ま》ざった、ほんのりあたたかくて美味しそうなにおいを吸《す》いながら、パンを見て回る。

クロワッサンにバターロール、レーズンパン。クルミパン、アンパン、クリームパン。焼きそばパンにピザトースト。チョココロネに蒸《む》しパン。ソーセージロール、バジルロール。明太《めんたい》フランス。サンドイッチもあるし、ドーナツやマフィンも売ってる！

食パンもレーズン入り、アンコ入り、ココア風味といろいろだ。

おやつにひとつ、買っちゃお！

トレイとトングを手にしたわたしに、ショウくんが目を丸くした。

「ハルカちゃん、お腹《なか》いっぱいって言うてたやん。」

「えーっと、おやつは入りそうかなぁって思って。あ、でもひとつにするもん、ひとつだけ！」

そのとき、大きなトレイを手にしたトクさんが厨房《ちゅうぼう》から出てきた。

トレイにのっているパンは丸いデニッシュ。真ん中にはツヤツヤと光っているオレンジ色のくだもの。すごく甘《あま》くて美味しそうなにおいがしている。

「ハルカちゃん、迷《まよ》ってるんやったら季節限定品《げんていひん》がおすすめやで。塩チョコデニッシュとか、このマンゴーデニッシュとか。」

言いながら、トクさんはあいている場所に大きなトレイを置いた。

マンゴーデニッシュ！　絶対《ぜったい》、美味しいに決まってる！

わたしはずっしりと重いマンゴーデニッシュを、慎重《しんちょう》にトングではさんでトレイにのせた。

「このマンゴーな、『せやまフルーツ』さんから仕入れてん。」

『せやまフルーツ』は商店街の端《はし》っこにあるくだもの屋さんだ。

「ハルカちゃん。それ、めちゃくちゃ美味しかったで。試食のたびにどんどん美味しなっていってんから。」

「ショウくん、試食させてもらったの？　いいなぁ。」

そうそう、とトクさんがうなずく。

「自分だけやったらどうしても似《に》たようなパンになるからなぁ。いろんな人に食べてもらって感想聞いて、改善《かいぜん》していくねん。このマンゴーデニッシュが完成したんは、浩司《こうじ》さんのアイデアのおかげや。」

「浩司さんの？」

「デニッシュの生地《きじ》にマンゴーのスパイスを練《ね》り込《こ》んでみたらって言うてくれたんや。」

「マンゴーのスパイスなんてあるんだ……。」

そう言えば、スパイスは料理に使う植物の実や葉っぱや茎《くき》なんかのことって昨日教えてもらった。マンゴーも植物だもんね。

食パンとマンゴーの甘いにおいがふんわりふわふわと立ちのぼる袋《ふくろ》をさげて、わたしたちはトクさんのお店を出た。

「ショウくん。タツキくんちの前に寄《よ》り道《みち》してもいい？」

「ええよ。どこ？」

「メガネ屋さんの近くの、イカ焼きのお店。」

「ああ、『半月《はんげつ》』。えっ、イカ焼きもおやつに食べんのっ？」

「違《ちが》う、違う！　晩《ばん》ごはん、イカ焼きにしていいよって浩司さんが言ってくれたから。夕方になったら閉《し》まるんだよね？」

「うん。先に買っといたほうがええな。食べるときは、レンジで軽くあっためたらええよ。」


鉄板の前には、昨日と同じおばさんがいた。

「二枚《まい》ください、卵《たまご》ありで。」

はいよ、と顔を上げたおばさんがニッコリ笑った。

「おや、昨日のおねえちゃんやないの。うれしいなぁ、約束通り買いにきてくれたんや。」

わわ、覚えられてたっ。

「そりゃ覚えてるよ～。食べる前からあんなに美味しそうな顔してる子、初めてやもん。二枚、卵ありやね。今焼くからちょっと待っててや。」

わたしはまた、鉄板の横から焼くのを見せてもらった。大きなお玉で生地を鉄板にのせると、じゅー、じゅわじゅわという音といっしょに、ピチピチと白いイカの身がおどる。

おばさんが生地を整えながら、ショウくんを見た。

「ショウくんも久《ひさ》しぶりやね。もしかして、この子はお友だち？」

「横浜から遊びにきてる、浩司さんの姪《めい》のハルカちゃん。」

よろしくお願いします、とわたしは頭を下げた。

「こちらこそ。花咲町《はなさきまち》、思いきり楽しんでね。」

おばさんが上の鉄板を下げた。じゅわわわわっ。ああ、海鮮《かいせん》のいいにおい！

「ショウくん、『バンブー』さんもワンコイン・イベント参加するよね？」

「します。去年と同じカレーになるみたいですけど。」

うんうん、とおばさんはうなずいた。

「去年のワンコイン・イベントでスパイスカレーを初めて食べたんよ。美味しくってねぇ。また食べたいって思ってても、お店がヒマになってから『バンブー』に行くといっつも品切れで。」

「イベントのときは特別メニューだけですけど、かなり多めにつくるから夕方まではあると思います。」

「よかった。浩司さんに絶対に行くって言うといてね——ほい、できた！」

おばさんができたてのイカ焼きを持ち帰り用の容器《ようき》に入れてくれた。

半分に折ったイカ焼きは半月形。だから、お店の名前は『半月』って言うんだ。なるほど。

『品川紋四郎商店《しながわもんしろう》』の作業場のもっと奥《おく》に行くとタツキくんちだ。台所にいたおばさんに
「こんにちは。」とあいさつをしていると、タツキくんが二階から下りてきた。

「あれ？　買い物してきたん？」

「うん。晩《ばん》ごはん用のイカ焼きと、トクさんおすすめのマンゴーデニッシュ！」

「あっ、新商品のデニッシュ、買《こ》うたんや。ええなぁ、ボク、まだ食べてへんねん……。」

タツキくんがすごくうらやましそうに袋を見つめた。

「じゃあ……、デニッシュ、みんなで分けっこしよ！」

「えっ。」とショウくんとタツキくんの声が重なった。

「マジでっ？　ありがとう〜、ハルカちゃんっ。」

「ハルカちゃん。ひとつしかないねんから、ひとりで食べぇな。」

タツキくんが思い切り口をとがらせた。

「ショウ〜〜〜。ハルカちゃんの気持ちをムダにしたらあかんわぁ。ここは、おおきに〜って気持ちよう受け取るべきやんかぁ。」

「いやいや、今のはタツキがズルイ。タツキがあんな言い方するから、ハルカちゃんがマンゴーデニッシュを差し出すハメになったんやで。」

「差し出すて、人質《ひとじち》か。いや、マンゴー質か。」

「それ言うんやったら、デニッシュ質やろ。」

卓球《たっきゅう》の試合を見てるみたい。言葉がふたりの間をポンポンと行ったりきたり。

「うう、わかった。ほんならこうしよ？　三分の一ずつやなしに、ハルカちゃんが半分で、ボクとショウが残りの半分を半分こしよ。」

「いや、だから。問題はそこやないやろ。」

「あ、そっか。ボクが半分で、ショウとハルカちゃんが残りの半分？」

「おい。なんで、おまえの取り分が多なってんねん。」

「間違えた。ボクとハルカちゃんが半分ずつやね。」

「いやいやいや。なんでボクの分、なくなってんのっ。」

タツキくんがニヤッと笑った。

「やっぱりぃ。ショウかて食べたいんやん。」

ショウくんが「ああっ。」と声をあげて、顔をおおう。

「あー、くそ、やられたぁ、引っかかったぁ。」

タツキくんの勝ち！　わたしは思わず、ふきだした。

「あ、オモロかった？　やったぁ。」

笑顔《えがお》でピースをしたタツキくんと反対に、ショウくんが真剣《しんけん》な顔で言う。

「ハルカちゃん、オモロイって言うたらあかん。タツキが調子乗るから。そもそも、関西人が全員オモロイわけやない。」

「違うの、あのね、言葉がポンポンって行ったりきたりで卓球みたいだなぁって。」

あらら、とタツキくんが体をカクンと折った。

「なんやぁ、オモロイって言われたんかと思った～。」

「面白《おもしろ》いっていうか、ふたりのやりとりがすっごく楽しかった。だから、三分の一ずつにしようね。」

おやつの時間に出してあげる、と言うおばさんにデニッシュをあずけると、わたしはタツキくんとショウくんについて二階に上がった。

7章　マンゴーデニッシュの秘密《ひみつ》

今日の分のドリルや書き取りをすませて、お待ちかねのおやつの時間。おばさんがいい香りの紅茶《こうちゃ》といっしょに、カットしたマンゴーデニッシュを持ってきてくれた。

上にのっかっている生のマンゴーが落っこちそうだから、先に一切れパクリ。口の中にちゅるんと入ったマンゴーはやわらかくて、噛《か》むとじゅわっと濃《こ》い甘《あま》みが口に広がった。

マンゴーの下にはカスタードクリームがのってる。甘さはひかえめ。バニラのいい香りがした。

クリームとマンゴーの水分で、最初はシャクシャクしていた生地《きじ》がだんだんフニャッとしてくるのも、二種類のデニッシュを食べてるみたいでうれしい。

食べ終わったあともマンゴーのにおいは鼻の奥《おく》に残っていて、それだけで幸せな気分になった。

「あ、しまったぁ。マンゴーのスパイス、さがそうと思ってたのに。」

食べるのに夢中《むちゅう》で、見るのを忘《わす》れちゃった。

「マンゴーのスパイスなんてあるんだねぇ。初めて知った。」

「正しくはアムチュールって言うねん。熟《じゅく》す前のマンゴーをうすく切って干《ほ》して乾燥《かんそう》させて、粉末《ふんまつ》にしたんがアムチュール。うすい茶色やから、デニッシュ生地に練《ね》り込《こ》んでも全然気づかれへんねんけど、上にのっかってる生のマンゴーよりちょっと酸《す》っぱいねん。上のクリームとマンゴーの甘さを、アムチュール入りの生地で引きしめるから、さわやかでしつこく感じへん。」

「へ、へえ……。」

「あと、カスタードクリームに黒い小さい粒《つぶ》が入ってんのわかった？　あれもバニラビーンズっていうスパイスやねん。キュアリングっていう、蒸《む》して発酵《はっこう》させて乾燥させる面倒《めんどう》な作業を繰《く》り返《かえ》してつくるねん。」

わたしは呆気《あっけ》に取られてショウくんを見つめた。ショウくんってスパイスのことが本当に大好きなんだなぁ。

「ショウ〜。ハルカちゃんビックリしてんで。」

ショウくんがハッと口をつぐむ。

「でも、アムなんとかってスパイスが酸っぱいっていうのはわかったし、スパイスのおかげで、マンゴーデニッシュがすっごく美味《おい》しくなったってこともわかったよ。『バンブー』のカレーに入れても美味しそうだよね。」

「マンゴースパイスとバニラビーンズ、浩司《こうじ》さんはカレーに使ったことないな……。」

そのとき、いいことを思いついた。

「夏休みの自由研究、浩司さんのカレーにしよっかな。においで、なんのスパイスが入ってるか当てるの。」

すごくいいアイデアに思えてきた。わたしは興奮《こうふん》しながら、ふたりに話す。

「毎日お昼に食べるんだから、チャンスはいっぱいあると思うんだよね。最終日に浩司さんと答え合わせをするの。どう？」

「ハルカちゃん、それ、むずかしいと思う。」

ショウくんが首をふった。

「え〜、どうして？　ショウくんだって言ってたじゃない。スパイスのにおいを覚えたら、なにが入ってるか当てられるんじゃないかって。」

「においのほうやなしに――。ハルカちゃんがおる間にまったく同じカレーは出ぇへんと思う。毎日使う食材が変わるし、同じ食材でもスパイスが変わる。」

「えっと、じゃあ――『バンブー』のカレーのレシピなんて、ない？」

「基本《きほん》のレシピがあることはあるけど……。浩司さん、天気とか気温によってスパイスを足したり減《へ》らしたりするねん。暑すぎるから熱をとるカルダモンを入れるとか、クーラーに当たり過《す》ぎてる人が多いからシナモン足してあたためようか、とか。休み前で疲《つか》れてる人多そうやからコリアンダーとか。」

シナモンだけはわかったけど、他は聞いたことのない言葉だった。スパイスって呪文《じゅもん》みたい。

「そっかぁ。せっかく、いい考えだと思ったのにぃ。」

わたしはバッタリとテーブルにつっぷした。

「ショウくんとタツキくんは、自由研究でなにやるの？」

「ボクはまだ考えてへん。ショウはカレーやんね？」

「カレーの自由研究ってどんなの？」

「定休日の晩《ばん》ごはんは、ボクがスパイスカレーをつくることになってんねんけど、そのときに毎回違《ちが》うスパイスを足してみようかなって。浩司さんと母さんに食べたあとで感想聞いて、ワクワクするとか、落ち着くとか、元気が出るとか……点数つけてもろたら、スパイスの効能《こうのう》だけ書くよりもオモロイかなって思った。」

たしかに面白《おもしろ》いし、すごい。でも、わたしは別のことにビックリしていた。

「待って。ショウくんが？　つくるの？　スパイスカレーを？　小学生がつくれるものなの？」

「うん、割《わり》とかんたん。」

さすが、浩司さんの弟子！

「ボクも前に食べさせてもろたけど、美味しかったで。」

「浩司さんのカレーと比《くら》べたら、まだまだ全然あかんけどなぁ。」

ショウくんが照れくさそうに笑った。

「わたしも食べたい、ショウくんがつくったカレー！」

「ほんなら、明日の定休日はカレー四人分にするわ。」

「やったぁ。」

思わず、ガッツポーズをしたわたしに、ショウくんが「ハルカちゃん、共同研究にする？」と言った。

「えっ。いいのっ？」

「うん。ハルカちゃんにも食べてもらえるんやったら、においのこともくわしく書けそうやし。」

やったぁ、ともう一度ガッツポーズ。

「あああ、ハルカちゃんもカレー星人になってまう〜。」

笑いながら言ったタツキくんだけど、「カレー食べたなってきた……。」と真剣《しんけん》な顔でつぶやいた。


夕ごはんのとき、浩司さんに自由研究のことを話してみた。

「へぇ、オモロそうやんか。でも、ハルカがおる間、定休日は……あと三回か。ちょっとデータとしては少ないかもしれへんなぁ。」

それは気になってたんだよね……。

浩司さんがニヤリと笑った。

「毎日、スパイスカレーでもええで。」

「え、本当に？　じゃあ、そうしようってショウくんに言っとくね。」

わたしがそう言うとは思わなかったみたいで、浩司さんは急にあわてだした。

「待て、待て。ハルカ、ええんか？　オレも静流《しずる》さんも毎日カレーでもええけど、おまえは大阪の美味しいもん、食べたいんやろ？」

そう言って、お皿にのせた『半月《はんげつ》』のイカ焼きを指さした。

「大丈夫《だいじょうぶ》。だって、ワンコイン・イベントでいっぱい食べるもん！」

「そっか、ワンコイン・イベントがあったな……。まあ、ハルカがええんやったらええけど。ほんならショウに夕食の材料費《ざいりょうひ》、半分こにしてって言うといてくれ。」

「はーいっ。」

わたしは元気よく返事すると、レンジでチンしてホカホカになった半月形のイカ焼きを食べ始めた。

小麦粉《こむぎこ》の生地はお好み焼きよりもうすくて、ちょっとぷるぷるしている。ぷりぷりしたイカが思ったよりドッサリ入っていてうれしい。ソースやマヨネーズ、そして、卵《たまご》の甘みが混《ま》じり合《あ》う。

「ハルカはほんまに美味しそうに食べるなぁ。」

浩司さんが笑う。

「お好み焼きとまた違う感じやろ？」

「うん、全然違う。でも、美味しいねぇ。いくらでも食べられそう――『半月』はどんな特別メニューを出すのかなぁ。」

そのとき、おばさんの伝言を思い出した。

「『半月』のおばさんが、去年の『バンブー』の特別メニュー美味しかったから、今年も絶《ぜっ》対《たい》に行くからねって言ってたよ。」

「お、そっか。うれしいなぁ。ワンコイン・イベントはいつものお客さんに喜《よろこ》んでもらうイベントやし、新しいお客さんと出会う場でもあるねんで。ハルカも美味しいもんといっぱい会えたらええな。」

わたしは大きくうなずいた。

8章　ショウくんのスパイスカレー

定休日。六階のショウくんちに行くと、青いエプロン、頭にはバンダナを着けたショウくんが、わたしにグリーンのエプロンを差し出す。

「せっかくやから、ハルカちゃんも手伝ってな。」

「お料理は苦手なんだけど、大丈夫かな……。」

「大丈夫《だいじょうぶ》、かんたんやから。」

「ええ～……、調理実習でカレーをつくったとき、大変だったよ？」

調理実習は六人グループだ。

みんなで「ニンジン、固い～。」「ジャガイモ、デコボコしてて皮むき器が使いにくいよ。」「豚肉《ぶたにく》もぬるんってなるから切りづら～い。」って言いながら具材を切った。玉ねぎなんて、涙《なみだ》がポロポロ出てくるから交替《こうたい》しながら。

具材を炒《いた》めて、お水を入れて煮《に》て。沸騰《ふっとう》したら弱火で二十分。火を止めてカレー・ルーを割《わ》り入《い》れる。かき混《ま》ぜながらまたコトコト煮て、トロミがついたら完成――。

みんなでつくるのは楽しかったし、できたてのカレーはとっても美味《おい》しかったけど、時間はかかったし、あの作業をふたりでやれるのかなぁって少し不安になってしまった。

ショウくんが材料を作業台に並《なら》べていく。

トマトの缶詰《かんづめ》、カシューナッツ、生クリーム、水、バター、鶏肉《とりにく》、玉ねぎ――玉ねぎは皮をむいてラップに包んであった。

カシューナッツはおねえちゃんがクッキーを焼いたときに使ったから知ってる。丸みのある三日月形のプクッとしたナッツ。

「あとはスパイス。」

「え、野菜これだけ？」

ショウくんのカレーがほうれんそうじゃなくて、よかった。しかも、カレーに絶対《ぜったい》入ってるニンジンまでない。やったぁ！　トマトと玉ねぎだけなら、がんばれば食べられる！

「野菜、増やす？」

「いい、いい！　お野菜苦手だから、うれしい！」

うっかり言ってしまった。

「せやから、ほうれんそうとか夏野菜のカレー、選ばへんねや。」

うう、恥《は》ずかしい。

うつむくわたしに、ショウくんが玉ねぎのラップをはがしながら言う。

「大人でも野菜とかキノコが苦手な人っておるやん。せやから『バンブー』のカレーは四種類ある。苦手なもんがある人でもアレルギーがある人でも、どれかは食べられるやん？」

「だよね。ダイエットしてて、ヘルシーなカレーのほうがいい人もいるもんね。」

「牛とか豚とか食べたらあかん人もいてはるしなぁ。」

「学校で習ったよ。ヒンズー教は牛、イスラム教は豚を食べちゃダメなんだっけ？」

話しながら思い出したのは、常連《じょうれん》のラジーブさんの顔。ラジーブさんはインドの人だ。

「もしかして、ラジーブさんも牛とか豚がダメだったりする？　いつも野菜とかキノコ、豆のカレーしか注文しないよね。」

「ラジーブさんは卵《たまご》も鶏肉も魚も食べへんタイプのベジタリアンやから。」

話しながらもショウくんの手は止まらない。玉ねぎをストンストンとうすく切り始めた。

「上手だねぇ……。」

「最初から上手なわけやないよ。やってるうちに慣《な》れてきただけやから。もしかして、調理実習のときに指切って包丁こわくなったとか？」

ううん、とわたしは首をふった。

「指切るのがこわいし下手だから、慣れてる子にすぐかわってもらっちゃうんだよね。」

「使い方、間違《まちが》わへんかったら大丈夫やで。包丁から目ぇはなさんと、ゆっくり切ったらええだけや。」

「やってみようかな……。」

わたしはショウくんから包丁を借りた。

「えーっと、包丁のにぎり方は――こう？」

調理実習で教わったように、人差し指を包丁の背《せ》に置いてにぎると、ショウくんがうなずいた。

「正解《せいかい》。ちゃんとできてるやん。」

「左手は丸めるんだっけ。」

「そう。軽くにぎって指先をかくす。」

スットン。スットン。ショウくんよりもゆっくりゆっくり。

「そうそう、ええ感じ。」

「ありがと……。でも、ぶ厚《あつ》いよね。」

「それぐらいなら平気。どうしてもうすくしたいんやったら、スライサーでもええねんで。うすく切るやつ。知ってる?」

わたしはコクンとうなずいた。ママがサラダをつくるときによく使ってる、板みたいな調理器具だ。

「あれも刃《は》がついてるから気をつけんとあかんけどな。材料が小さなってきたら、無理せんと包丁で切ること。」

「わかった——そうだ。あのね、今、玉ねぎ切ってるときに涙が出なかったの。涙が出ない玉ねぎがあるの?」

フフ、とショウくんが笑った。

「浩司《こうじ》さんから教えてもらった裏技《うらわざ》や。料理する前に皮むいて冷やしとくねん、冷蔵庫《れいぞうこ》で。時間ないときは冷凍庫《れいとうこ》な。」

「えっ、それだけ?」

「そう。冷《ひ》やし過《す》ぎたらあかんで。冷蔵庫で三十分ぐらいかな。」

うわぁ、いいこと聞いちゃった。ママに教えてあげよう！


「次はスパイス。」

ショウくんは冷蔵庫からチューブのニンニクとショウガを出してきた。

「店で出すカレーは、ナマのニンニクやショウガをすりおろしてるけど、家でつくるときはチューブのんで大丈夫。他のスパイスはこっち。」

ショウくんが後ろの棚《たな》を開けた。スパイスが入っているビンがずらっと並んでいた。『バンブー』にあったのより多い！

「え、え、こんなにあるのっ？」

「ようけに見えるやろ？　でも、実は同じスパイスの形違いも多いねん。」

ホラ、と置かれたのは、木の皮が入ったビンと、うす茶色い粉《こな》が入ったビン。木の皮のビンのフタをショウくんが開けたとたん、あの、大好きなにおいがバッと広がった。

「シナモン！　えっ、シナモンって木の皮なんだ！」

「こういう、元の形に近いものはホールスパイスって言うねん。こっちのビンみたいに、ホールを粉末《ふんまつ》にしたものはパウダースパイス。ニンニクとかショウガとかシソみたいに、ナマで使うものはフレッシュな。」

「ホントにくわしいね、ショウくん。」

「まだまだ、全然や。」

ちょっと恥ずかしそうな顔をしたショウくんが、使うスパイスを小さなお皿に一種類ずつ出していく。わたしはそのにおいをかいでいった。

シナモン。大好きだから思い切りにおいをかぐ。甘《あま》くてスッキリして幸せになる。ああ、やっぱりいいにおい――。

うっとりしてたら、「はい、次。」とショウくんにつつかれた。

「カレーの基本《きほん》のスパイスはクミン、ターメリック、コリアンダーの三つ。今回、ターメリックは入れへんけど。」

「クミン、ターメリック、コリアンダー。なにかの呪文《じゅもん》みたい……。」

枯《か》れ草色《くさいろ》の粉のクミンは、シソみたいなにおい。黄色い粉のターメリックは、お寺とかのお香《こう》のにおいがした。うす茶色の粉のコリアンダーは――。

「わたし、これ好きかも、コリアンダー。ほんのり甘くてさわやかだよね。気持ちいい。」

輸入《ゆにゅう》食品のお店に入ったとき、よくこのにおいがしてる、と思う。

「それから、カルダモン。スターアニスとパプリカ。」

丸っこい種みたいなカルダモンはツンとするけどさわやか、小さなヒトデ形のスターアニスは甘酸《あまず》っぱくて、ずっとかいでいたいにおいだった。これも好き！　赤い粉のパプリカは見た目は辛《から》そうなのに、ほんのり甘くて土っぽいにおいだ。

「スパイスはこのまま使う場合もあるけど、『バンブー』のカレーは粉末にするねん。」

ショウくんがミルという、小型のミキサーを取り出して、ホールスパイスをまとめて入れた。スイッチを入れると、ぶぅーんという音がしてスパイスがどんどん細かくなっていく。

スパイスを小さいボウルに移《うつ》したら、ショウくんはミルにカシューナッツを入れた。

「え、カシューナッツも細かくするの？　上にのせるのかと思ってた。」

「粉にしたカシューナッツをカレーに混ぜると、甘みも出るし、香ばしくなるし、トロミも出る。市販《しはん》のルーみたいに小麦粉《こむぎこ》入れへん代わりに、カシューナッツとかコリアンダーでトロミつけるねん。」

細かくしたカシューナッツを別の容器《ようき》に移すと、ナッツのいい香りがした。

「よし、ほんならつくってくで。」

ショウくんが深めのフライパンを取り出した。

「粉のスパイス入れるときだけは絶対にこげんように弱火で、それ以外のときは中火で。」

「質問《しつもん》！」

わたしはあわてて手を上げた。

「あの、弱火とか中火もわかんない……。」

「弱火っていうんは、炎《ほのお》がフライパンに届《とど》かへんぐらいの弱い火。中火は炎の先っちょがフライパンの底に当たるぐらい。強火は炎が大きいけど、フライパンの外側に炎の先が出ぇへんようにする。」

ふむふむ。わたしはショウくんに教えてもらったことをノートに書いていった。

TOMAT

バターチキンカレー(4人分)のつくり方

材料

バター 15g、
玉ねぎ1個、
とりもも肉 400g(ブツ切りにしてあるものでOK)、
トマト缶 (ホールでもカットでもOK) 半分 (200g)、
ニンニク (チューブ) 2センチ、
ショウガ (チューブ) 2センチ、
水 150ml、
生クリーム 100ml、
カシューナッツ (無塩) 30g、
塩小さじ1

スパイス

カルダモン (ホール) 2つぶ、
シナモン (ホール) 2センチ、
スターアニス (ホール) 2つ、
クミン (粉) 小さじ2、
コリアンダー (粉) 小さじ2、
パプリカ (粉) 大さじ2

★レッドペッパーは
食べる前にお好きな量を。
少しだけでも辛いので
注意!

準備

玉ねぎをうすくスライスする。とり肉はひと口の大きさに切る。カシューナッツをミルで粉末にする。ホールのスパイスをミルで粉末にして粉のスパイスと混ぜ合わせる

つくり方

1. フライパンにバターを熱して、ニンニクとショウガを炒める(中火)
2. 香りが出たら、うすくスライスした玉ねぎを入れて、クタッとして茶色になるまで炒める(中火)
3. **2**にトマト缶を加えて、トマトをつぶしながら炒める(中火)
4. **3**に準備しておいたカシューナッツ、スパイス、塩(少々)を入れて、よく混ぜながら1分炒める(弱火 ★スパイスはこげやすいので注意!)
5. **4**にとり肉、水を加えて煮る(中火)。ふっとうしたら、フタをして15分煮込む(弱火 ★時々フタをとって大きくかき混ぜる ★やけどに注意!)
6. **5**に生クリームを加えて中火にする。グツグツと煮立ってきたら味見をして、残しておいた塩を入れる(★入れすぎたらしょっぱくなるから少しずつ、味見をしながら!)
7. ごはんをのせたお皿にカレーをよそってできあがり!

「え、これだけ？」

材料を切ったり、スパイスをミルで粉にしたりする時間を入れても全部で三十分ぐらいで終わっちゃった。

「調理実習のカレーは、ニンジンやジャガイモとかがあるから火ぃ通すのに時間がかかるだけ。炒めて煮るんはいっしょやろ？」

ビックリした。本当にかんたんだった。

「このカレーなら、ひとりでもつくれる、かも……？」

「できるやろ。ハルカちゃん、食べるん好きやん。そういう人は料理もうまくなると思うで。」

ショウくんに言われると、本当にそんな気がしてきた。


「——美味《うま》い！」

「うん、美味しいねぇ。」

ひと口食べて、浩司さんと静流《しずる》さんは笑顔《えがお》になった。

味見をしたから、美味しいのはわかっていたけど、「美味しい」って言ってもらえるとすっごくうれしい。

いっしょにつくったから、余計《よけい》に美味しく思えるのかな。わたしもお代わりしちゃった。

「ショウ。基本のカレーはカンペキやな。」

浩司さんの言葉にショウくんはうれしそうな顔をした。

9章　タッキくんの提案《ていあん》

花咲町《はなさきまち》にもお店にもすっかり慣《な》れた。大きな声で「いらっしゃいませ！」「ありがとうございました！」も言えるし、常連《じょうれん》さんのトクさんやラジーブさん、メガネ屋さんのヤナギさん、レミさんたちの好きな辛《から》さもわかるようになってきた。

『バンブー』のカレーメニューは毎日変わる。メニューを伝えたあと、お客さんが「今日はなににしようかな。」と考えている顔を見るのがすごく好き。

「トクさんたちが、どのカレーを選ぶのか予想してるの。当たるとうれしいんだよね。」

「それ、ボクもやってる。ほんで、外れたときはなんでやろって考えるねん。」

それを聞いていたヤナギさんが「あ、ほんなら当てて。オレ、今日はなに注文すると思う？」と言った。

ヤナギさんは選んだカレーを紙ナプキンに書いてテーブルにふせた。

「ほい、当ててみて。まずはショウから。」

「えーっと、あいがけでビーフとシーフード！」

「あっ、わたしの予想も同じ！」

ヤナギさんが浩司《こうじ》さんを見た。

「浩司さんは？」

「あいがけで、シーフードとキノコ。」

「キノコ？　どうして？」

ヤナギさんは、いつもお肉と魚のあいがけだから、わたしはちょっとおどろいた。

「ヤナギさんの顔、むくんでる。目、ちょっとはれぼったいやろ。」

わたしとショウくんは「えっ。」とヤナギさんの顔を見た。いつもと同じ、な気がする。

「昨日の夜、飲みに行ったたか、食べに行ったたんと違《ちが》うかな。まだちょっと胃《い》がしんどいやろうから、ビーフはナシ。キノコとカボチャやったら、ほんまは消化がええんはカボチャやけど、好み的にキノコ。タンパク質《しつ》がないのは心細いから、シーフード。」

「正解は――。」

ヤナギさんが紙ナプキンをカウンターに向けた。シーフードとキノコ！

「浩司さん、正解〜。辛さ4でよろしく。」

「はいよ。」

「昨日の夜、焼肉行って食べすぎてん。胃にまだ肉が残ってる感じや。」

「今日のカレーには全部、消化を助けるクミンが入ってるで。でも、夜は控《ひか》えめにしてや。」

「そうしますわ。」

「な？　浩司さん、すごいやろ？」

ショウくんの言葉に、わたしはコクンとうなずいた。

お昼ごはんを食べたあと、わたしとショウくんは夏休みの宿題をバッグに入れて、『品川《しながわ》紋四郎《もんしろう》商店』に行った。

「ハルカちゃん、ショウのカレーどないやった？」

「めちゃくちゃ、美味《おい》しかった！　浩司さんがね、基本《きほん》のカレーはもうカンペキやなって。」

「カンペキやったら、『バンブー』で売れるやん。」

タツキくんの言葉に、ショウくんが目を丸くした。

「いや、それはムリやろ。」

「そうかなぁ。ワンコイン・イベントで小学五年生がつくった特別メニュー！　って出したら目立つやん。」

「そうだよ、そうしようよ、ショウくん！」

タツキくんは冗談で言ったみたいだけど、すっごくいいアイデアに思えた。

「今年の『バンブー』の特別メニュー、去年といっしょなんでしょ。」

「えっ、そうなん？　なんで？」

「母さんがケガして、片《かた》づけとか次の日の仕込みとか浩司さんが全部やってるやん？　特別メニューまで考えるんはムリってなったみたい。」

「そっかぁ。今年はどんなカレーかなぁって楽しみにしててんけど。」

「じゃあ——ショウくんが代わりに特別メニューを考えたら、浩司さんも静流《しずる》さんも喜《よろこ》ぶんじゃないの？」

「あかんあかん、ムリムリムリ！　カレーってそんな軽い気持ちでつくられへんから。子どもが考えたメニュー、お店で出したら怒《おこ》られるわ。」

思い切り首を横にふったあと、ショウくんは小さい声で「そりゃ……ボクが考えたカレー、いつか店で出せたらええなとは思てるけど。」とつぶやいた。

『『いつか』やなしに『今』でもええやん！　聞きに行こ。ショウが考えた特別メニュー出してもええかって。」

タツキくんが立ち上がった。

タツキくんがグルメロードとは反対の方向に歩き出したから、わたしとショウくんは顔を見合わせた。

「こっち、先な。」

行った先は『お茶の不二園《ふじえん》』だ。入り口にはソフトクリームとグリーンティーの機械があって中学生が並《なら》んでいた。エプロンをつけたおねえさんが足元のペダルを踏《ふ》みながら、抹《まっ》茶《ちゃ》ソフトをコーンの上にきれいに巻《ま》き上《あ》げていく。いいなぁ、涼《すず》しそう、美味しそう……。

「ハルカちゃーん、早《はよ》、おいで。」

タツキくんに呼《よ》ばれて、急いでお店の中に入る。

いろいろな種類の日本茶の袋《ふくろ》や缶《かん》、お茶わんなんかが並んでいて、子どもが入っていいのかなぁと思ってしまうぐらい、オトナな雰囲気《ふんいき》。

丸いメガネをかけてワイシャツを着た男の人が、赤い布《ぬの》をかけた長方形のイスに座《すわ》ってお茶を飲みながら、エプロンをつけたおばさんと話していた。

「こんにちはー。」

「おう、どないした、タツキ。」

おじさんが湯のみを置いた。

「斉藤《さいとう》のおっちゃんと西村《にしむら》のおばちゃんに相談があんねん。その前に、この子。浩司さんとこに横浜《よこはま》から遊びにきてるハルカちゃん。」

いきなり紹介《しょうかい》されて、わたしはあわてて頭を下げた。

「は、ハルカです。浩司さんの姪《めい》です。よろしくお願いしますっ。」

斉藤さんは本屋さんなんだって。

「西村のおばちゃんがワンコイン・イベントの事務局長《じむきょくちょう》。ほんで、斉藤のおっちゃんが副局長。」

「タツキくん。もしかして、紋四郎さんの特別メニューができたって言いにきたん？　一番乗りやなぁ。」

西村さんが後ろの棚《たな》からファイルを取り出そうとした。

「あっ、ううん、それはまだやねん——あのね、イベントで子どもが考えた特別メニューって出してもええんか聞きにきた。なんか問題にならへん？」

そっか。浩司さんがいいって言っても、事務局にダメって言われるかもしれないから、先に確認《かくにん》してるんだ。

そんなこと、考えもしなかった。すごいな、タツキくん——。

「問題にはならへんよ。なんの手続きも検査《けんさ》もせんと、子どもがつくって売るんはあかんけど、考えるだけやったらアリでしょ。ね、斉藤さん。」

「うん、アリやな。美味しいメニューができたら、来年は自分も考えたいって言う子も出てくるかもしれへん。」

「ありがとう、おばちゃん、おっちゃん！」

タツキくんはニッコリ笑った。


「浩司さん。ワンコイン・イベントの特別メニュー、ボクらに考えさせてくださいっ。」

ショウくんといっしょに頭を下げると、お鍋《なべ》を洗《あら》っていた浩司さんと、お金の計算をしていた静流さんが「えっ。」とおどろいた。

どうしてそういう話になったのかを説明すると、「なるほどな。」と浩司さんはうなずいた。

「わかった、まかせる。毎年きてくれるお客さんにも新しいメニューのほうが喜んでもらえるやろうし、オレらが考えつかへんカレーになるかもしれへん。」

やった！

「事務局にも話しとくか……。」

「もうしてあります。事務局長と副局長もええよって。」

「ありがとう、タツキ。仕事速いなぁ。オトナ顔負けや。」

タツキくんをほめた浩司さんが、レジのところに貼《は》ってあるカレンダーを見つめた。

「ショウ、ハルカ。レシピの〆切《しめきり》は、事務局に特別メニューを出す前日や。あと二週間やな。間に合わへんかったら、予定通り、去年と同じレシピでいくで。」

「経理担当《けいりたんとう》のわたしから、ひとこと。」

静流さんが手を上げた。

「うちも他の店も、ワンコイン・イベントでもうけようとは思てへんのよ。たくさんの人にきてもらって、イベントをきっかけに花咲町《はなさきまち》を知ってもらって、ファンになってもらいたい。」

わたしたちはうなずいた。

「でもね、『バンブー』というお店をずっとやっていくためには大きく損《そん》を出すわけにはいかんのよ。せやから、材料費《ざいりょうひ》の予算は守ってほしい。浩司さんがこの味でＯＫって言うても、わたしがこの材料では予算オーバーって言うたらレシピを考え直してほしい。」

「なんでもいいって言われたら、わたしは牛も豚《ぶた》もチキンもエビもホタテも……って好きなの入れたくなるもんね。」

「豪華《ごうか》やけど、味がケンカしそうやね。」

タツキくんが笑った。

「ショウ、ハルカちゃん。アレはどないすんの、夏休みの自由研究。レシピ研究と特別メニュー考えるの、両方やるのはムリでしょ？」

「特別メニューのレシピを自由研究にする。ハルカちゃん、ええよな。」

「もちろん！」

「それやったらさぁ。」とタツキくんが口をはさんだ。

「お客さんの感想とか意見も入れたら？　いっぱい人がくるからいろんな感想が出ると思う。」

タツキくんってアイデアのかたまりだ。すごいなぁ、と思ってたら、ショウくんも「それ、めっちゃええやん……っ。」と笑顔《えがお》になった。

「ショウ。まだ自由研究のテーマ決めてへんよな？　いっしょにやらへん？　ボクとハルカちゃんはレシピ考えるから、ショウは宣伝《せんでん》と、アイデア出す担当。」

「やる！　やりたい！　商店街のお店、知り合いばっかりやから値段交渉《ねだんこうしょう》、ボクがやるわ！」

それってすごく心強い！

「ワクワクしてきた！　まずはどういうカレーにするか決めないとね。」

「カレー会議、やな。」

「じゃあ、なにカレーにしたいか考えてきて、明日発表し合おう！」

やっぱり『バンブー』にないカレーがいいかな。まずはホタテでしょ。チキンやエビはもうあるし、豚も牛も……あれれ。意外とないぞ。

わたしは頭を必死にはたらかせた。

10章　カレー会議

タツキくんちで夏休みの宿題をすませたあとでカレー会議スタート！

「やっぱり、ビーフやね、牛。ほんで豚《ぶた》！」と言ったのはタツキくんだ。

「タツキ……。それっていつものカレーと変わらんやん。おまえが食べたいってだけやろ？」

「牛も豚も好きな人多いやん。スパイスで新しい感じにしてくれたらええから！」

「そんなかんたんに言うなよ……。」

「ショウやったら大丈夫《だいじょうぶ》やって。ハルカちゃんは？」

「わたしはね、ホタテと、ミートボール。ゴロゴロしたのが入ってるカレー！」

「え〜、ミートボールってどっちかっていうと、トッピングな気ぃせぇへん？」

「あ、やっぱりそう思う？」

がっくり肩《かた》を落とすと、ショウくんが口をはさんだ。

「コフタカレーっていう、肉団子《にくだんご》のカレーが北インドにあるから、ええアイデアやと思う。」

「そういうショウはなにカレーなん？」

「ラムとサバ。できたらラムがええかな。」

「……サバって魚のサバ？　美味《うま》いん？」

「焼いたサバも煮《に》たサバも美味《おい》しいから、カレーに入れても美味しいんと違《ちが》うかな。」

「つくったことないん？　それはどうなん……。」

「つくったことない材料はあかんっておかしいやん。」

タツキくんは「それはそうやけどぉ。」と口をとがらせた。

「ね、ショウくん。ラムってなに？」

「ラムは子羊の肉。」

「子羊！　えー、なんかかわいそうやない？」

「子羊のお肉って食べたことないけど、どんな味なんだろ……。」

「やわらかくて、あっさりしてるらしい。大人の羊はマトンって言って、歯ごたえがあるけど、ちょっとケモノくさいんやって。せやから、羊やったらラムがええと思う。」

タツキくんがワンコイン・イベントの事務局《じむきょく》でもらってきた、商店街とグルメロードのイラストマップを広げた。

「羊の肉を売ってるお店ってあったかなぁ。」

「『肉のこばやし』さんにたのんだら、仕入れてもらえると思う。」

「ははぁん。」

タツキくんはニヤッと笑った。

「ショウ。おまえ、なかなか手に入らへん材料でカレーつくってみたいだけ違うん？」

ショウくんが赤くなった。アタリみたい。

「別にええやろ。他の人もめずらしがってくれるやろうし。」

「めずらしいからって食べにくる？　フツーの食材がええと思うけど。めずらしい肉やったら値段《ねだん》も高いんやろ？」

「値段までは知らんよ。」

ショウくんとタツキくんはだまりこんでしまい、気まずいふんいきになってしまった。

ため息をついたショウくんが筆記用具を片づけ始める。

「ま、待って。カレー会議、終わり？」

「『肉のこばやし』さんで、ラムを仕入れてくれるか聞いてくるわ。ついでに値段も。」

「ショウ。仕入れ交渉《こうしょう》はボクの担当《たんとう》やで。」

「ラム使いたいんはボクやから。ボクが行く。」

「あっそ、ご勝手にぃ。」

タツキくんがぷいっとソッポを向き、ショウくんはさっさと部屋を出て行ってしまった。

どうしよう、と思っていたらタツキくんがわたしに「さっきはごめん。」と頭を下げた。

「せっかく考えてきてくれたのに、ミートボール、トッピングやんかって言うてしもた。」

「いいよ、いいよ。わたしもミートボールのカレーがあるって知らなかったし。」

「ショウにも意地悪なこと言うてしもた。めっちゃ怒《おこ》ってたなぁ。」

落ち込んでいたタツキくんだけど、すぐにパッと顔をあげた。

「後悔《こうかい》してもしゃあない。ハルカちゃん、おやつ買いに行く？」

「行く！」

わたしたちは元気よく外に飛び出した。

駅前のベンチに座ってたい焼き――タツキくんはアンコ、わたしはチョコクリームにした

――を食べながら、商店街のことならなんでも知ってそうなタツキくんに質問してみる。

「浩司さんにお買い物たのまれたんだけど、どのお店で買うのがいいの？」

タツキくんが「なに買うん」とメモをのぞきこんできた。

鶏《とり》もも肉（ブツ切り　300ｇ）
旬のくだもの（500円ぐらいまで）

「鶏は『岡山鶏店』、くだものは『せやまフルーツ』がええよ。」

裏の通りで鶏肉を買ったあと、わたしたちはせやまフルーツへ行った。腰にエプロンを巻《ま》いたおじさんが、くだものを見ながらメモを取っている。

「こんにちは。旬のくだもの、ください。」

「うちのは全部、旬や。」

ツルツルの頭のおじさんはボソッと言った。わ、ちょっとこわい、かも――と思った瞬《しゅん》間《かん》、ペチッと音がした。

「アンタなぁ！　お客さんこわがらせてどないすんねんな！」

奥《おく》から出てきた丸顔のおばさんが、後ろからペチペチとおじさんのツルツル頭をたたく。

「イタイ、イタイて。」

頭を赤くしたおじさんが奥へと逃《に》げて行《い》き、おばさんがわたしの顔をのぞきこんだ。

「ごめんなぁ、こわかったやろ。」

「い、いえ……。」

「ほんま、ごめんなぁ。かわりにちょっとは勉強しとくから、堪忍《かんにん》な。」

「え、夏休みの宿題やってくれるんですかっ。」

「ハルカちゃん、違う違う。」

タツキくんが笑った。

「勉強しとくでっていうのは、マケとくで、安くしとくでってこと。商売してたらよう使う言葉やねん。」

「へえ、知らなかった。」

「ほんで？　予算とかあるの？」

「五百円ぐらいです。」

「それやったら……もも、すもも、スイカ、ぶどう、いちじくかな――どれがええ？」

言われて、店の中をぐるっと見回したら、奥からのぞいているおじさんと目が合った。口をへの字にしている。あわてて目をそらして、わたしは鼻をヒクヒクうごめかした。

「えっと。じゃあ……これ！」

一番甘《あま》いにおいがしている八つ切りのスイカを指さしたら、おばさんは手をたたいた。

「おねえちゃん、ええ目利《めき》きしてるなぁ！　これ、めっちゃ甘いで。ほら、この緑の皮のところと赤い実の間、白いフチがはっきりしているやろ。これが甘い証拠《しょうこ》。」

覚えとこう！　と思ったら、おばさんが奥にいるおじさんにどなった。

「アンタ！　ちゃんとメモ取ったぁ？」

「ハイ！」

よく見ると、おじさんはまたメモ帳になにかを書きこんでいた。

「うちの人な、見た目は『くだもの屋のがんこ親父《おやじ》』やけど、実はくだもののこと、勉強中やのよ。」

「おじちゃん、この前まで銀行につとめてたんやで。」

そう教えてくれたタツキくんの前には、アボカドがいっぱい詰《つ》まった箱があった。おねえちゃんが大好きなアボカドだ。パパやママ、おねえちゃんに会いたくなってしまった。

「おばさん。アボカドをカレーに入れるのはアリですか？」

思いついて聞いてみた。横浜《よこはま》でカレーをつくるときは、やっぱり家族の好きなものを入れてあげたいから。

「アリやね。ただ、火を通《とお》し過《す》ぎたらくずれてグズグズになるから、最後にちょっとだけ混《ま》ぜるぐらいのほうがええやろねぇ。あと、熟《じゅく》したアボカドを長く加熱したら苦くなるから気をつけて。」

「はい！」

いいこと教えてもらっちゃった。

「アボカド食べたことないわぁ。」

「うちのおねえちゃんが大好きなの。パンの上にのっけて塩コショウして、その上にチーズのっけてトースターで焼くんだよ。」

「あら、それも美味しそうやね。」

おばさんがスイカを袋《ふくろ》に入れながら、おじさんに「メモしといて〜。」と声をかけた。

「タツキくん。アボカドとお豆腐《とうふ》をうすく切って重ねて、おしょうゆとごま油をちょっとかけて食べたら美味しいで〜。」

「え、そうなんやっ。ほんなら今日やってみる。」

タツキくんが箱の中をのぞきこむ。

「アボカドってスイカみたいに切れてへんから、どれがええんかわからへん。」

「全体の色が黒っぽくなってて、ヘタのところが実から少しはなれているのが熟してるっていう合図やからね。コレなんか食べごろやと思うで。」

タツキくんはおこづかいで、おばさんが選んでくれたアボカドを買った。

スイカの袋を持つと、ずしっと重い。あわてて、しっかりと持ち手をにぎりなおしていると、タツキくんが「手伝うわ。」と持ち手を片方《かたほう》持ってくれた。


信号待ちをしていたら——道をはさんだ向かい側、グルメロードのほうからショウくんが走ってくるのが見えた。

こっちに手の平を向けて口をパクパクさせる。タツキくんがちょっと笑った。

「待ってて、やって。」

信号をわたってきたショウくんは、「ごめん。」とわたしたちに頭を下げた。

「ラムはナシにして、それ以外のでもっかい話し合いたい。」

「もしかして、浩司《こうじ》さんか静流《しずる》さんになにか言われたの？」

ショウくんは首をふった。

「『肉のこばやし』さんとこでラムは骨《ほね》つきのが一番美味しいって教えてもろてんけど、骨つきは食べにくいやん？　それにちょっと高いらしくて……。」

ワンコイン・イベントには出せないのだ。ショウくんは残念そうだった。そんなショウくんの肩を、タツキくんがポンとたたく。

「ショウ！　ラム肉のカレーは、おこづかいで買《こ》うてつくったらええやん。ほんで、できたら食べさせて。」

「さっき、子羊がかわいそうって言うてへんかったか。」

「美味しいって聞いたら食べたいやん。なぁなぁなぁ。百円だけ払《はら》うから〜。」

「全然足りへんわ――ハルカちゃん、それ重いやろ。代わるわ。」

ショウくんとタツキくんがふたりでスイカを持って、青信号をわたり始めた。わたしもあわてて追いかける。

「子羊以外やったら、鹿とかイノシシにチャレンジしてみたいんやけどなぁ。」

「おこづかい、全然足りんくなるで。」

そんな話を楽しそうにしていたショウくんがふり返った。

「ハルカちゃんが言うてた、肉団子のカレー、コフタカレー。タツキが言うてた豚と牛のあいびき肉でやってみぃへん？」

「せやなぁ。学校の子らに宣伝《せんでん》するとき、サバカレーって言うより肉団子のカレーのほうが興味《きょうみ》持ってもらえそうやしね。」

どんなカレーになるんだろう。早く食べてみたくて「じゃあ、明日つくってみる？」と聞いたら、ショウくんとタツキくんがそろって首を横にふった。

「ハルカちゃん。土曜と日曜は商店街もグルメロードもお客さんが増《ふ》えるねん。忙しいから、宿題会もお休みにしてるねん。」

「えー……残念……。」

「その代わり、やれることやっとこう。ボクとハルカちゃんは肉団子のつくり方を調べてみる。タツキは――。」

「豚と牛のひき肉、値段、聞いてきとくわ。」

じゃあ、また月曜日。わたしたちは手をふり合った。

11章　吸《す》って、吐《は》いて

土曜日。開店前に看板《かんばん》を出しに行ったら、店の前にずらっとお客さんが並《なら》んでいてビックリしてしまった。

「すみません、ここで列を折り返してください。」「メニューをご覧《らん》になってお待ちくださ い。」

ショウくんとふたりで列整理をしながら、お客さんに声をかける。

平日のお客さんも土日のお客さんも、パッと注文してサッと食べてパアッと出ていく。次に入ってきたお客さんもパッと注文してササッと食べて――こんなふうにお客さんが短い時間でクルクルと入れかわるお店を「回転が速い店」って言うんだって。

「ハルカちゃん。混《こ》んでる間、ボクは食器さげるほうを優先《ゆうせん》するわ。」

「次のお客さんが座《すわ》れないもんね。大丈夫《だいじょうぶ》、洗《あら》うほうはひとりでできると思う。」

「あせらんでええから。」

お客さんの数が多いってことは洗う食器も多い。今日はさすがにお客さんがなにカレーを選ぶかなんて考える余裕《よゆう》はなかった。

汚《よご》れを落として、食洗機《しょくせんき》にセットしてスイッチオン。終わるまでに次の食器の汚れを落として、洗いあがった食器をそれぞれの場所に置いていく。

きれいな食器が浩司《こうじ》さんのところからなくならないように。

シンクが汚れ物でいっぱいになってショウくんがこまらないように。

食洗機が終わるのをなにもせずに待っている時間がないように。

どうしようかなって考えて動くのは、ゲームみたいで実は楽しいんだよね。


日曜日も大忙《おおいそが》し。

わたしとショウくんは、お昼ごはんのカレーを奥《おく》の小部屋に持って行って食べた。わたしもショウくんのマネをして、全部のせだ。もしかすると、特別メニューで野菜を使うかもしれないって思ったから。

今日はエビとビーフ、夏野菜と豆のカレー。

「昨日よりもお客さんが多いねぇ。」

「土日はヨソからもきはるから。疲《つか》れたやろ。」

「うん。でも、カレーのにおいをかいだら元気に。」

――なるはずだった。でも。

あれれ？　わたしは首をかしげた。おかしいな、いつもよりにおいがわかるスパイスが少ない気がする。

浩司さんが入れるのを見ていたのに、ターメリックやフェンネルっていう、においがあまり強くないスパイスのにおいがしない。

シナモン、コリアンダー、カルダモン、クローブ、クミン、レッドペッパーはわかるけど、いつもほど強くない気がする。量が少ないのかな？

お皿に顔を近づけて思い切り鼻から吸《す》い込《こ》んでみたけど、やっぱりいつもと違《ちが》う気がする
……。

「どないした？」

ショウくんが不思議そうな顔をした。

「う、ううん、なんでもない。いただきます。」

わたしは大好きなビーフのカレーを食べてみたけど、口から鼻に広がるにおいが物足りない。味もなんとなくいつもと違う。

でも、ショウくんは「やっぱり浩司さんのカレーは最高や。」ってニコニコしながら食べていたから、わたしの鼻や口が変なのかな――？


お昼ごはんのあと、わたしは外に出た。においも味もよく知ってるコーラを買ってこようと思ったのだ。

外はあっつ～い！　太陽がギラギラ照りつけてくるし、アスファルトに反射《はんしゃ》した陽の光がまぶしすぎる。

わたしは急いで公園に入った。木かげもあるし、舗装《ほそう》された道路より土のほうがマシかなって思ったけど――やっぱり暑い。

昼間の公園は暑すぎて、だれも遊んでいないし、犬を散歩させてる人もいなかった。

わたしは自動販売機《じどうはんばいき》で缶《かん》のコーラを買うと、桜《さくら》の木が枝《えだ》を伸《の》ばしてかげをつくっているベンチに座った。

缶のふたを押《お》しこむと、カシュッと気持ちのいい音がする。いつもなら、それだけでコーラのにおいがボワッと広がってさわやかな気持ちになるんだけど、今日はあまり、だ。飲むと、口の中でパチパチと炭酸《たんさん》がはじけてるのはわかるけど、においも味もうすい。いつもと同じなのは冷たさぐらいだ。

「えー、どうしちゃったんだろ……。」

ずっとこのままだったらイヤだ。美味《おい》しいもののにおいと味がちゃんとわからないなんて、悲しすぎる。病院に行ったほうがいいのかなぁ。

大きなためいきをついたとき、頭の上から声がふってきた。

「ハルカちゃん。こんにちはー。」

「あっ、ラジーブさん。」

ラジーブさんは筒《つつ》みたいな長いバッグを肩《かた》からさげている。

「わたしは、おじいさんやおばあさんたちが暮《く》らしている施設《しせつ》で、ヨガをやってきた帰りです。これ、ヨガマットのバッグね。」

ラジーブさんはわたしのとなりに座ると、首をかしげた。

「こんな暑いトコで、だれかと待ち合わせですか？」

「違います。あの……においと味が変なんです。」

お昼ごはんのとき、においがわからないスパイスがいくつもあったこと。コーラのにおいもうすく感じること。カレーとコーラが、いつもより美味しくなかったこと——。

ふんふん、とうなずきながら話を聞いてくれていたラジーブさんが、わたしの顔をのぞきこんだ。

「ちょっとお熱を見てもいいですか?」

うなずくと、ラジーブさんの大きな手がおでこにふれて、すぐにはなれて行った。

「次は下のまぶたを見ます。」

ラジーブさんの親指がひょいっとわたしの下まぶたをめくる。なにかの病気だったらどうしようと思ったけど、ラジーブさんは「熱はなさそうですね。」とニッコリ笑った。

「わたしはお医者さんではないので、病気かどうかはわからないけど。ただ、ハルカちゃんがハッピーじゃないっていうことはわかります。」

うん、全然ハッピーじゃない。美味しいものににおいと味がわかんないなんて。

「ハルカちゃんに足りないのはリラックスかもしれませんね。初めての土地でずっと緊張《きんちょう》していたのと、土日で忙《いそが》しくて疲れたのかもしれませんね。」

ラジーブさんがポケットから輪ゴムを取り出した。両手でぎゅ——っと引《ひ》っ張《ぱ》る。

「緊張、大事です。でも、ずー——っと気持ちを張《は》りつめていたら疲れてきます。」

伸びきったゴムが今にもはじけそう。ラジーブさんがふっと力を抜《ぬ》くと、ゴムもゆるんだ。

「疲れすぎると、体と心がゆるめてくれーって信号を出したりします。頭やお腹《なか》がいたくなったり、夜じゃないのに眠《ねむ》たくなったり、反対に眠れなくなったり。悲しくなったりね。ハルカちゃんは鼻にSOS信号が出たのかもしれません。」

「どうしたら、いいですか？　治すのに、お金や時間がかかりますか？」

ラジーブさんはパァッと笑顔《えがお》になって「いるのは、時間だけ。」と言って立ち上がった。

「ここにいると熱中症《ねっちゅうしょう》になりそうです、スパイスのお店に行きましょう！」

ラジーブさんが連れて行ってくれたのは、グルメロードの一本となりの道にあるスパイス専門店《せんもんてん》『スパパラ』だった。四つ角の右側の道。わたしが迷子《まいご》になった日、ショウくんが寄《よ》ったお店だ。

「ハルカちゃん。わたしのツマです。カナコさんね。」

レジのところにいた、長い髪《かみ》を後ろでまとめた女の人が「こんにちは。」と手をふってくれた。

「浩司さんには、『バンブー』で使うスパイス、ほとんど全部ここで買ってもらってますね。最近はショウくんも時々。」

「スパイスたくさんですねぇ。ショウくんちや『バンブー』よりもすっごく多い！」

「専門店ですからね。うちのカナコさんは、浩司さんにたのまれた珍《めずら》しいスパイスをさがしに、海外へ行くこともあるんですよ——ハルカちゃん、こちらへどうぞ。」

お店のすみに置かれた丸イスにわたしとラジーブさんは向かい合って座った。そばの壁《かべ》には大きな鏡がかかっていて、女の子が背中《せなか》を丸めて座っている。

元気がないし、悲しそう——って考えて、気がつく。

あの女の子、わたしだ！　それはちょっとショックだった。

「ハルカちゃん。わたしと同じことやってみてください。いいですか、両手を膝《ひざ》の上に置いて力を抜いて……頭のてっぺんにヒモがついていると思って。そのヒモが天井《てんじょう》のほうへゆっくり引っ張られていくのを想像《そうぞう》して。ゆっくりゆっくり……。」

あ、背すじが伸びていく！

「その調子。そして、肩をぐるりと後ろに回して——はい、ストンと肩をおろす。」

鏡の中の女の子はさっきと違っていて、ちょっと元気に見える！　すごいすごい！

「うん、いい感じ。次に、今肺《はい》に入ってる空気を全部外に押し出すようにゆっくりと口から吐いてみて——。」

フゥーッと大きく息を吐きだす。

「もう吐く息がなくなったら、ゆっくり鼻から三回吸います。一、二、三。はい、そのまま二秒間、止める。一、二……。」

ラジーブさんが数えている間、プールで潜水《せんすい》をやるときみたいに息を止める。

「じゃあ、次は口から二回、息を吐きます。一回目は軽く吐いて、二回目は肺から全部押し出すみたいにハァァッって。吐き切ったら二秒間止めて、一、二……。」

これで一セット。わたしはラジーブさんの声にあわせて、「鼻からゆっくり三回吸って、二秒止めて、口から二回吐いて、二秒止めて」を繰《く》り返《かえ》した。

時々入ってくるお客さんが気になるから、目を閉《と》じてみた。そうすると、今度はいろんなことが頭に浮《う》かんでくる。

昨日、ショウくんとネットで調べたコフタのつくり方。ちょっと大変そうだった。鼻のこと。においがしなくなったってショウくんとタツキくんに言ったら、どう思うかな――。

「ハルカちゃん。いろいろなことが頭に浮かんできたでしょ？」

わたしはパッと目を開けた。

「どうしてわかったんですかっ。」

クスッとラジーブさんが笑った。

「ハルカちゃんの背中がまた曲がってきているので。」

鏡の女の子はまた元気がなくなっていた。あわてて背すじを伸ばそうとしたら、ラジーブさんがゆっくりと手をふった。

「むりに元気を出そうなんて考えなくてもいいし、どうしてそんなことになったのかも考えなくていいんです。いろいろなことが頭に浮かんだときは――。」

「ときは？」

「浮かんだなぁって思うだけで、それ以上、考えない、追いかけないことです。考えるのをやめるだけ。ハルカちゃんが今やるのは、吸って吐くだけを考えること。」

吸って吐くだけなんて、かんたん。でも、不思議と浮かんでしまうのだ、パパやママ、おねえちゃんはどうしてるかなぁとか。夏休みの読書感想文、どうしようとか。特別メニューつくれるのかな、とか。

なにかがポコンと浮かんできたら止めて。呼吸《こきゅう》。ポコンと浮かんできたら止めて。

そうやっていたら、呼吸のほうが多くなってきて、鼻や口を通る空気のことだけ考えられるようになってきた。

吸って吸って吸って。吐いて吐いて。

吐く息といっしょに、いろんなことが頭の中からスーッと消えていく。こわばっていた体も、ふーっとゆるんでいく。

吸って吸って吸って――。

そのとき、鼻がそのにおいをつかんだ。甘《あま》くてスーッとして、気持ちいいにおい。

「シナモンとカルダモン……。」

パチッと目を開けると、ニコニコしているラジーブさんと、透明《とうめい》なグラスポットを持っているカナコさんがいた。

「まだコップに注いでへんのに。すごいわ、ハルカちゃん、正解《せいかい》!」

ポットから紙コップに注がれた冷たいお茶から、幸せのにおいがフワワ〜と立ち上がる。

いつもと同じぐらい、しっかりわかる。飲むと、口から鼻がシナモンとカルダモンのにおいでいっぱいになった。

「美味しい……。」

持ってきていた缶コーラにも鼻を近づけてみた。さっきよりもしっかりにおいがする！

「飲んで確認《かくにん》してもいいですか。」

「どうぞ。」

少しぬるくなったコーラにそっと口をつける。

「ラジーブさん！　いつもの味がします！」

「それならよかった。」

ラジーブさんもうれしそうにうなずく。

「空気、食べものと同じぐらい大事です。だから、しっかり吐いて、しっかり吸う。」

「空気は食べ物と同じぐらい大事――。」

「そう。もし、病気じゃないときになんか変だなって思ったり、気持ちが落《お》ち込《こ》んだりしたら、今の呼吸をしてみてください。」

「はい！　ありがとうございます！」

わたしはラジーブさんとカナコさんにお礼を言ってお店を出た。
ホッとしたらお腹がすいてきちゃった。商店街でおやつを食べよう！

12章　たこせん

なにを食べようかなぁと商店街に向かっていて気づいた——関西にきてからまだたこ焼きを食べてない～！

商店街にたこ焼きのお店は四軒《けん》もある。その中のひとつ、外にベンチがあるのは『こなふじ』だ。

店先の大きな鉄板でお好み焼きがじゅうじゅう、そのとなりで丸いたこ焼きがおねえさんの手でクルクルと回転していた。

うちにもたこ焼き器があって関西出身のママは上手にたこ焼きをひっくり返す。

そのママよりも上手に、すごいスピードでおねえさんがたこ焼きをひっくり返していく。

すごいなぁと見とれていたら、「あれ？　ハルカちゃんやん。」と言われた。

「あっ、レミさん！」

「たこ焼き買いにきたん？　うちはたこ焼きやったら四個《こ》からいけるで。味もいろいろ。」

鉄板の前に貼《は》ってあるメニューの看板《かんばん》には値段《ねだん》の他にいろいろな味が並《なら》んでいた。甘口《あまくち》、中辛《ちゅうから》、ねぎ塩、だし、おしょうゆ……マヨネーズと青のりは無料。

そのとなりに、『たこせん』という文字があった。たこ焼き四個よりも安い。

「レミさん、たこせんってなんですか。」

「これ、知ってる？」と、レミさんが見せてくれたのは、うすオレンジ色で楕円形《だえんけい》の大きなおせんべい。

「えびせん、っていうお菓子《かし》に似《に》てる……。」

「そう、そのえびせんべいのでっかいバージョン。たこせんべいって言うこともあるんやけどね。これをお皿代わりにしてたこ焼きを二個のせたんが、たこせん。」

「えー、食べたことない！」

わたしは小銭《こぜに》を台に置いた。

「レミさん、たこせんひとつください！」

「はぁい。」

レミさんはおせんべいを一枚《まい》取り出すと、片側《かたがわ》全体にソースを塗《ぬ》った。その端《はし》っこに焼きたてのたこ焼きを二個のせて上にソースをかけ、マヨネーズをシャシャッとチェック模様《もよう》に塗って、青のりとアラレみたいなのをのせる。

「これは天かすね。天ぷらとか揚《あ》げモンしたときに出る、揚げ玉。」

言いながら、レミさんはコテでスーッとせんべいの真ん中に線を引く。軽く力を入れただけで、たこせんがきれいにふたつに割《わ》れた！

割ったたこせんでたこ焼きをはさむと、紙の袋《ふくろ》にストンと入れてくれた。ハンバーガーみたい！

たこせんとお水を入れたグラスを持って、外のベンチに座《すわ》った。

えびせんべいもたこ焼きも食べたことがある。でも、いっしょにっていうのは初めてだ。

甘じょっぱくて、ほんのりエビのにおい。ソースとマヨネーズ、青のりのにおい。

端っこをかじると、すぐにあったかいたこ焼きに突入《とつにゅう》。バリッとしたおせんべいの間から、とろっとした生地《きじ》と大きめのタコが出てきて、ソースと混《ま》ざり合《あ》う。

美味《おい》しい……！　わたしはゆっくりとたこせんを味わった。

やっぱり美味しいものを食べている時間が一番好き。

二個目のたこやきを食べるころにはたこせんがソースやたこ焼きの湯気で少しやわらかく

なっていて、歯ごたえがふにゃんとしたものに変わる。たこ焼きとせんべいがもっと仲よくなった感じでこれも好き！　面白《おもしろ》くて美味しいって最高じゃない？

食べ終わってお水を飲んでいたら、「ハルカちゃん。」と声をかけられた。

「あっ、ショウくん、タツキくん。」

「ハルカちゃん、めっちゃ美味しそうに食べてるからお腹《なか》すいてきたやんかぁ。レミさん、ボクもたこせんひとつ！」

「ボクも。」

レミさんが笑う。

「ハルカちゃんに毎日ここでたこせん食べてもらったら、めっちゃええ宣伝《せんでん》になりそう。」

「ついでにうちの豆腐《とうふ》も食べてもらおっかな。」

「いや、それはあかんやろ。オモロイけど、なんの店かわからんようになるで。」

「美味しいもの食べてほめられるんなら、わたしはやってもいいけどなぁ。」

そんな話をしているうちに、たこせんが完成。ふたりはたこせんを受け取ると、わたしのとなりに座った。

「たこせん久《ひさ》しぶりかも。」

「ショウはカレーばっかりやもんな。もっといろんなモン食べたほうがええで。カレーの参考になるかもしれんやん。」

パキン、とおせんべいの割れる音。たこ焼きを冷ますためのふぅふぅという息。モグモグ食べながら、タツキくんがわたしを見た。

「ハルカちゃんって、ほんまにめっちゃ幸せそうな顔で食べるよね。」

「いつから見てたの……。もっと早く声かけてくれたらよかったのに。」

わたしは口をとがらせた。

「ボクはそうしよ思ててんけど、ショウがぼーっとハルカちゃん見て動かへんねんもん。」

「えっ？」

それってどういう意味……？　首をかしげると、ショウくんがあわてた。

「変な意味やないよ。ボクらのカレーも、食べた人がみんな、幸せな顔になってくれたらええなぁって思いながら見てた。」

「せやな、絶対《ぜったい》完成させせよな、コブタカレー。」

「子豚《こぶた》やない、コ・フ・タ！　あいびき肉やぞ。牛はどこに消えてん。」

「なんの話してんの～？」

グラスを返しに行ったタツキくんにレミさんが聞く。

「ワンコイン・イベントの『バンブー』の特別メニュー、ボクらが考えることになっててん。」

「ええ～、すごいやん！」

「ちょ、タツキ……！ フライングやでっ。」

「宣伝は早いほうがええやん。」

「でも、まだ浩司《こうじ》さんがＯＫ出してくれるかわからへんのに。」

「カレーをよう知ってるショウくんがおるんやったら大丈夫《だいじょうぶ》でしょ。試食係が必要やったらいつでも言うてや。」

そうレミさんが言ったとたん、タツキくんが「そっか！ その手があった！」と大声を出した。

「レミさんたち常連《じょうれん》さんにおねがいして、試食会しよ。ほんで、宣伝してもらう。」

「タツキくん、それいいと思う！ トクさんもマンゴーデニッシュつくったとき、試食してもらったって言ってたもんね。」

「そんな時間あるんかな。まだほとんど決まってへんのに……。」

ショウくんはオロオロしていたけど、わたしとタツキくんは、だれに試食をおねがいしようかで盛《も》り上《あ》がったのだった。

13章　コフタカレーに挑戦《ちょうせん》！

コフタカレーは肉団子《にくだんご》――コフタがメインだ。

「調べたレシピやと、パクチーを刻《きざ》んで入れることになってってんけど、とりあえず、青じそにしとくな。」

冷やしておいた玉ねぎをわたしがゆっくりみじん切りにする横で、ショウくんがトントントンと青じそを刻んでいく。

「パクチーって一回食べたことあるけど、苦手なんだよね……青苦いだけじゃなくて、すごくくさくて……。」

「パクチーって、ハルカちゃんが好きなコリアンダーやで。」

ショウくんが衝撃的《しょうげきてき》なことを言った。

「ええっ、ウソでしょ……っ。コリアンダーってさわやかでほんのり甘《あま》い香りがするよ？」

「タイ語やとパクチー、英語やとコリアンダーって言うらしいで。日本では葉っぱの部分をパクチー、実とか種を乾燥《かんそう》させたスパイスをコリアンダーって呼《よ》ぶことが多いけど。」

「へえ、知らんかった！　そうや、ハルカちゃん。コリアンダーって思いながら食べたらパクチーも好きになるんと違《ちが》う？」

「そっか、そうしてみようかな……って、ムリだよ、においが全然違うのにぃ。」

「ハルカちゃん、ナイス、ノリツッコミ！」

相手のボケに一度のっかって、そのあとにツッコミを入れるのをノリツッコミって言うんだって。

「なかなかの高等技術《ぎじゅつ》や。ハルカちゃん関西のノリになじむん早いね。」

「ふたりのおかげだよ。」

そう言うと、タツキくんは「そうやろ？」と胸を張《は》り、ショウくんは照れくさそうな顔でボウルにコフタの材料を入れた。

調理用の手袋《てぶくろ》をつけた手でひき肉をこねると、シソやショウガやニンニク、そしてコリアンダーのさわやかなにおいがただよう。

ねばりが出てきたら、ショウくんとふたりでお団子みたいに丸めていく。その横で、タツキくんが材料や分量、値段《ねだん》をノートに書いていった。

コフタができあがったら、いつもと同じ手順でカレーづくり。ショウくんが玉ねぎを炒《いた》めている間に、わたしはトマト缶《かん》を開けて、お水を量った。

「スパイスカレーって、牛乳《ぎゅうにゅう》とかヨーグルト入れるんや。」

基本《きほん》のカレーのレシピメモを見ながら、タツキくんが言う。

「最初にショウくんがつくってくれたカレーは、生クリームが入ってたよ。」

「生クリームぅ？　ケーキができそう……。」

「牛乳とかヨーグルト、生クリームはベースって言うねん。カレーを煮込《にこ》むときに必要な水分のことな。水だけやったらアッサリした味になるし、ココナッツミルクや生クリームにしたらコッテリした味になる。ヨーグルトと牛乳は中間ぐらいかな。同じスパイス使《つこ》ても、全然違う印象《いんしょう》のカレーになる。」

「理科の実験みたい。」

「そういうとこが好きやねん、スパイスカレー。今回は材料費《ざいりょうひ》を考えて生クリームは外してんけど。」

ショウくんが目をキラキラさせながら、玉ねぎを炒める。

「ベースを変えたら、どんな味になるやろか。このスパイスとは相性《あいしょう》イマイチやな、今の時期やとこの食材と合うベースはどれやろ？　って組み合わせるんが、オモロイねん。」

「じゃあ、生クリームも候補《こうほ》に入れようよ。生クリームが一番相性いいかもしれないじゃない。わたしは、美味《おい》しいカレーが食べたい！」

「さすが、食《く》いしん坊《ぼう》やな。わかった、ためしてみよ。」

ショウくんが笑いながら言った。


スパイスカレーの煮込み時間は短い。今回も洗《あら》いものをしているうちに、コフタカレー完成！　ショウくんがお皿によそおうとしたとき、わたしは「これ、のせるのってどうかな……。」とエコバッグからアボカドを出した。

「アボカドやん。ええやん、めっちゃ色キレイやし。」

「切って時間がたったら黒くなってくるから、レモンふりかけなあかんで。」

うすく切ったアボカドにレモン汁をかけて三つのコフタの横に置く。オレンジ色のカレーに黄緑色がとてもキレイ。

「うん、たしかにええ感じやな。」

ショウくんのスマホで完成写真をとって、いざ、試食！

つくり方

1. ボウルに【コフタの材料】と【スパイスA】を入れて、ねばり気が出るまでこねる

2. 1を12等分して丸いお団子にする
3. フライパンにバターを熱して、ニンニクとショウガを炒める（中火）
4. 香りが出たら、うすくスライスした玉ねぎを入れて、クタッとして茶色になるまで炒める（中火）
5. 4にトマト缶を加えて、トマトをつぶしながら炒める（中火）
6. 5に準備しておいたカシューナッツ、【スパイスB】、塩（少々）を入れて、よく混ぜながら1分炒める（弱火 ★スパイスはこげやすいので注意！）
7. 6に水と牛乳を加えて煮る（中火）。ふっとうしたら、コフタをそっと入れてフタをして10分煮込む（弱火）
8. コフタをうら返して、5分煮込む（弱火）。味見をして残しておいた塩を入れる（入れすぎたらしょっぱくなるから少しずつ味見をしながら！）
9. ごはんをのせたお皿にカレーをよそい、コフタをのせる
10. もりつけはお好みで！ パクチーやシソはみじん切りにして上から散らす。アボカドはスライスやサイコロ形に切り、レモン汁をかけてからカレーにのせる

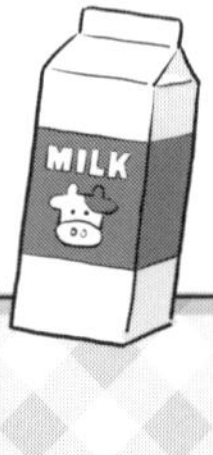

コフタカレー(4人分)のつくり方

コフタの材料(12個分)

あいびき肉 300g、
玉ねぎ半分 (みじん切り)、
卵1個、
パクチー1株 (みじん切り、
シソやセロリの葉でもOK)、
ニンニク (チューブ) 2センチ、
ショウガ (チューブ) 2センチ、
パン粉大さじ3、
塩小さじ 1/2

スパイスA

クミン (粉) 小さじ1、
コリアンダー (粉) 小さじ1、
ターメリック (粉) 小さじ 1/2、
ブラックペッパー (粉) 小さじ 1/2

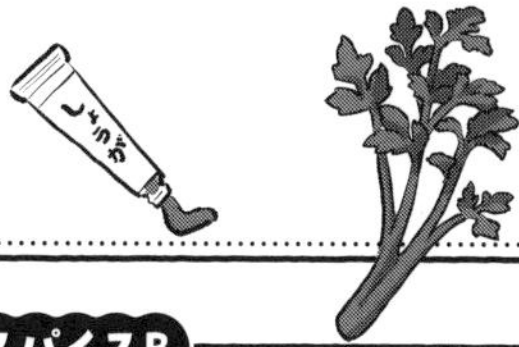

カレーの材料

バター 15g、
玉ねぎ1個、
トマト缶 (ホールでもカットでもOK) 半分 (200g)、
ニンニク (チューブ) 2センチ、
ショウガ (チューブ) 2センチ、
水 200ml、
牛乳 50ml、
カシューナッツ (無塩) 30g、
塩小さじ1
もりつけ用に……………………
パクチーやシソ、アボカド各適量、レモン汁少量

スパイスB

カルダモン (ホール) 5つぶ、
クローブ (ホール) 5つぶ、
シナモン (ホール) 5センチ、
クミン (粉) 小さじ1、
コリアンダー (粉) 小さじ1、
ターメリック (粉) 小さじ 1/2

★レッドペッパーは
食べる前にお好きな量を。
少しだけでも辛いので
注意!

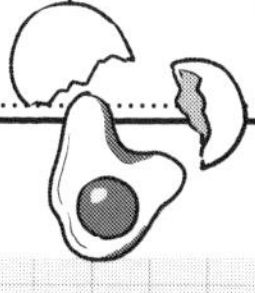

準備

玉ねぎをうすくスライスする。カシューナッツをミルで粉末にする。【スパイスB】のホールをミルで粉末にして【スパイスB】の粉と混ぜ合わせる

夕ごはんが食べられなくなるとこまるから、ひとり分のカレーを分けっこした。

「うわ、美味しい！」

「うん、ええな。コフタをくずしてカレーに混ぜても美味しいで。」

「ショウ～。そういうことは早《は》よ言うてよ。コフタ、なくなったぁ。もう一個食べてもええ？」

「ダメ～、浩司《こうじ》さんと静流《しずる》さんの分がなくなるもん。」

美味しくてテンションが上がってしまったわたしたちがワイワイやってる横で、ショウくんがスプーンを置いて、「でも、あかんな。」とボソリと言った。

「え、どうして。」

ショウくんがタツキくんのノートを指さした。

「材料費。めっちゃオーバーしてる。」

「『肉のこばやし』さんに交渉《こうしょう》してみるわ。」

「材料、変えてみるのはどう？　豚《ぶた》だけのひき肉なら少し安いってタツキくんのメモに書いてあったよ。」

「鶏《とり》のひき肉の値段も調べてあるから計算してみよか。」

わたしたちは電卓《でんたく》を持ってきて、計算を始めた。

「ようけ買《こ》うてくれるんやったら、勉強するで。」

『肉のこばやし』のおじさん、小林《こばやし》さんはそう言ってくれた！

花咲町《はなさきまち》にきてから、「勉強」が大好きになったって言ったら、ママはビックリするだろうなぁ。

「ちなみになんキロぐらい使う予定してるんや？」

「百食分として三百個のコフタやから……七・五キロです。」

「豚ミンチ八キロやったら、この値段にしとくけど。どないや？」

安くなったぁ！　ホッとしていたら、タツキくんが「おっちゃん、もうちょっと勉強してぇなぁ。」と言い出した。

「いやぁ、これ以上はなぁ……。」

「ボクら、これをつくるつもりなんです。」

ショウくんがスマホを出して、コフタカレーを見せる。

「お、なんやこれ。オシャレやし、美味《うま》そうやな。」

「でも、今のままやったらこの緑色のアボカド、のせられへんねん。」

言いながら、タツキくんが画面のアボカドを指で押《お》さえてかくした。

「む。これはだいぶ印象変わるな。」

「アボカドのせるん、ハルカちゃんのアイデアやねんで。」

ほう、と小林さんがわたしを見た。

「横浜《よこはま》からきてくれたハルカちゃんのアイデアは残したいわな……。」

「せやろ？　せやから、もうひと声っ。お願いしますっ。」

三人いっしょに頭を下げる。

「わかった、わかった。しゃあないなぁ、ほんならこの値段。これが限界《げんかい》。」

笑いながら小林さんがメモに書いてくれた値段は、すごく安くなっていた。

「「「ありがとうございますっ。」」」

わたしたちの大声に、小林さんが苦笑《くしょう》する。

「イベントの五日前には仕入先に注文せなあかん。それまでに浩司さんのＯＫもらえるんか？」

「がんばります！」

うん、とうなずいた小林さんはオホンとセキばらいをした。

「三人にアドバイスや。」

わたしたちは背《せ》すじを伸《の》ばした。

「新メニューをつくるんは、かんたんなことやない。それはおっちゃんもわかってる。豚肉とかあいびきにこだわらんと、とにかく、美味しいモンつくりな。」

「「「はいっ。」」」

お店を出たあと、タツキくんがわたしたちにコソッと言った。

「おっちゃん、やさしいな。」

「うん、すっごく安くしてくれたね。ビックリしたぁ。」

「それもやけど……もし、浩司さんのＯＫが出ぇへんで注文がなくなっても気にせんでええでっていうことやで、アレ。」

うん、とショウくんがうなずいた。

「レシピを変えなあかんことがあっても、おっちゃんに気ぃつかって妥協《だきょう》すんなよってことやな。」

そっか。最後のアドバイス、そういう意味だったのか……。

わたしはもう一度、『肉のこばやし』さんに頭を下げた。

14章　コフタの落《お》とし穴《あな》

パクチーのかわりにシソを。あいびき肉を豚《ぶた》ひき肉に。ベースは水のみ。アボカドはひとり分の量を減《へ》らす。コフタに入れるニンニクをやめる——。

静流《しずる》さんはタツキくんが書いた材料費《ざいりょうひ》のメモを見て、「うん、予算クリア。」とほほえんだ。

次は味だ。

タツキくんがごはんをお皿によそい、ショウくんがレッドペッパーで辛《から》みを足したコフタカレーをかける。

わたしは切ったアボカドをコフタの両端《りょうはし》に置いた。

「あら！　お花みたいね。コフタがお花でアボカドが葉っぱ。」

「ん、見た目はええなぁ。」

うなずいた浩司《こうじ》さんが「いただきます。」と食べ始めた。

「このコフタ、美味《うま》いな。あー、シソ入れたんか。うん、ええアクセントになってる。」

「アボカドもいいね。この濃厚《のうこう》さがコフタカレーと合《お》うてるやん。」

浩司さんがレシピメモをながめた。

「あいびきやなしに豚ひき肉、ベースが水だけか。アッサリめになるところをアボカドの濃厚さで補《おぎな》ってるんやな。」

浩司さんが両腕《りょううで》で大きく丸をつくった。

「OKや。これ、ワンコイン・イベントの特別メニューにしよう。」

「やったぁ！」

わたしたちはハイタッチをした。

「せやけど、ビックリしたな。思った以上にええカレーを、〆切《しめきり》の一週間も前に出してくるとはなぁ。おまえらにまかせてよかった。」

ホッとしたわたしたちもコフタカレーを食べ始めた。タツキくんと夕ごはんをいっしょに食べるのは初めてだ。

「これ、『孫がお世話になります。』ってタツキくんのおじいちゃんが差し入れてくれはったんよ。」

静流さんが出してくれたのは『品川紋四郎商店《しながわもんしろう》』の厚《あつ》あげだ。表面に正方形の焼き印が三つ押《お》してある。品川の品、だ。

タツキくんに教わって、ショウガとおしょうゆをちょっとだけつけて口の中へ。

外側はサクサクしていて、中のお豆腐《とうふ》はやわらかくて甘《あま》い。

「美味《おい》しいねぇ……厚あげがこんなに美味しいって知らなかったぁ。」

「出た〜、ハルカちゃんの美味しい顔！　ハルカちゃん、やっぱりイベント当日は店の前でコフタカレーを食べたほうがええで。」

「もっとフツーの宣伝《せんでん》を考えてってば。」

「冗談《じょうだん》やって。学校の子らに宣伝しとくな。母ちゃんにもたのんで、保護者宛《ほごしゃあて》にメッセージ送ってもらうわ。」

明日のカレー会議では、試食会について話し合うことになった——。


その夜、お布団《ふとん》に入ったわたしは目をつぶって、試食会にきてもらうメンバーを考えていた。『肉のこばやし』の小林《こばやし》さんと『せやまフルーツ』のおじさんとおばさん。イベント事《じ》務局《むきょく》の斉藤《さいとう》さんと西村《にしむら》さん。常連《じょうれん》さんだとラジーブさんでしょ、トクさんでしょ、レミさんでしょ、ヤナギさんでしょ——。

みんながニコニコしながらコフタカレーを食べているところを想像《そうぞう》すると、わたしまでうれしくなってきてしまう。

「……ん？」

わたしはパチッと目を開けた。なんか、今、引っかかった。

もう一度目を閉《と》じて、コフタカレーを食べている顔を想像してみた。小林さん、せやまのおじさんとおばさん。斉藤さんと西村さん。ヤナギさん、レミさん、トクさん。それから——。

「あ……。」

ラジーブさんだけお皿をだまって見下ろしている。だって、お肉は食べられないから。ラジーブさんはベジタリアンだ。

「だ、ダメじゃんっ。」

思わず大声を出してしまった。

ＯＫが出てすっごく喜《よろこ》んでるふたりに、とてもとても言いにくい。でも、カレー会議でわたしは勇気をふりしぼって言った。

「あの、もう一回、別のカレーを考えたいんだけど、ダメ、かなぁ……？」

「ええっ？　なんで？　今日、ひき肉注文しに行こって言うてたやん。」

「そうなんだけど。でも、ラジーブさんが……。」

それだけで、ショウくんはハッとした顔になった。キョトンとしているタツキくんに「ラジーブさん、ベジタリアンやから肉は食べられへん。」と教える。

「あー、コフタは豚肉やからかぁ……。」

「ベースは水だけにしたから大丈夫《だいじょうぶ》だよね？」

「玉ねぎ炒《いた》めるときにバター使ってる。あれもあかんわ。」

「今から、レシピをイチから考えるのってナシ、だよね……？」

日にちがあまりないから、絶対《ぜったい》に反対されると思ったんだけど。

「アリやろ。」

「うん、アリやと思う。」

「えっ、……いいの？」

『肉のこばやし』さんにも『せやまフルーツ』さんにもまだおねがいしてへんから大丈夫や。」

「そうそう。こういうこともあるから、小林のおっちゃんかて気にすんなって言うてくれてんで。せやから――ハルカちゃん、気にすんな。」

ショウくんとタツキくんがニカッと笑った。


それから、わたしたちはメインをなににするか話し合った。

「肉があかんってことは、魚とか貝もあかんなぁ。」

「うん、卵《たまご》もダメ。」

「ボクは野菜やキノコのカレーも好きやけど……タンパク質《しつ》がほしいなぁ。」

「タンパク質って体をつくる栄養だったよね。お肉、魚、卵、牛乳《ぎゅうにゅう》、チーズ、バター……。」

「豆！」

タツキくんが大きな声で言った。

「大豆は『畑の肉』って言われてんねん。豆腐も納豆《なっとう》もレッキとした植物性のタンパク質やで。」

「豆腐はつぶれてまうから、豆しかないなぁ。」

「……厚あげは？」

昨日食べた厚あげ、甘くて美味しかったんだよね。

「厚あげがキツネうどんみたいにカレーの真ん中にドーンッてのってるのって面白《おもしろ》くない？」

「「それはないわ。」」

ショウくんとタツキくんが声をそろえて首をふった。ダメかぁ……。

「でも、ええアイデアやと思う。」

ショウくんがレシピノートに厚あげ、と書いた。えっ、いいの？

「せやね。カットしたら、ビーフカレーのビーフっぽく見えると思う！」

「タツキ、厚あげってなんの油使ってるん？」

「なたね油。アブラナからとった植物油やから大丈夫やな。値段《ねだん》、聞いてくるっ。」

「いっしょに行くっ。」

わたしたちは階段《かいだん》をかけ下りた。

ひと皿分にかかる予算は、ひき肉よりも厚あげのほうがちょっとだけ高めだった。

「ごめんなぁ、ここまでしか下げられへんなぁ。」

タツキくんのおじいさん、紋四郎さんが電卓《でんたく》を見せながら言う。予算オーバーだ。厚あげはダメかぁ、とガッカリしていたら、ショウくんがうなずいた。

「大丈夫です、コフタに入れてたスパイスとかがなくなるから。」

「アボカドも入れるのやめる？」

「彩《いろど》りとしても残したほうがええ気がする。厚あげとそろえるんやったら、サイコロに切ったほうがええから、ちょっと材料費上がるかも。」

わたしたちがボソボソしゃべっていると、「ヨシ。」と紋四郎さんが手をたたいた。

「勉強したろ。」

「え、いいんですかっ。」

「その代わりな、このカレーには『品川紋四郎商店』の厚あげを使ってますってどっかに書いといてくれんか。ほれ、ようあるやろ。コンビとかコンボとか言う……。」

「おじいちゃん、コラボのこと？」

「そう、それや。カレーを食べた人が厚あげを買いにきてくれるかもしれへん。うちの宣伝になるからな。」

そして、紋四郎さんはすごく安くしてくれたのだった。

わたしたちは早速《さっそく》、紋四郎さんが「サンプルや。」とくれた厚あげを持ってショウくんの家に行った。

「とりあえず、基本《きほん》のカレーと同じスパイスでやるわ。」

「厚あげをカットするんやったら、あんまり煮込《にこ》まんほうがええと思う。」

「うん、時間は半分にする。ハルカちゃん、トマトを炒めるところまでヨロシク。スパイス、用意するから。」

「わかった！」

すぐに切ったら涙《なみだ》が出るから、玉ねぎは皮をむいてラップに包んで冷凍庫《れいとうこ》に。その間にわたしは水やトマト缶《かん》を量り始めた。

「ショウ。厚あげ、油抜《あぶらぬ》きする？　お湯に通したら、油落ちるからアッサリめになるけど。」

「とりあえず、そのまま使ってみよ。」

わたしはちょっとだけひんやりした玉ねぎを冷凍庫から取り出してうすく切り始めた。あわてず、急がず、丁寧《ていねい》に――。

「ハルカちゃん、だいぶ上手になったやん。」

ショウくんがほめてくれた！　ありがとう、って言ったけど、ミルでスパイスをくだき始めたショウくんには聞こえなかったみたいだ。

そういえば、いつの間にか包丁もお料理も苦手じゃなくなっていた――。

15章　試食会

試食会にきてくれたのは、ワンコイン・イベントの事務局長《じむきょくちょう》の西村《にしむら》さん、紋四郎《もんしろう》さん、『せやまフルーツ』のおじさんとおばさん、お肉屋さんの小林《こばやし》さん。常連《じょうれん》さんのラジーブさん、レミさんだった。

赤茶色のカレーにゴロゴロッと入った厚《あつ》あげ。上に散らしたサイコロ形のアボカド。厚あげは水分が出やすいから、スパイスがしみこみにくい。浩司《こうじ》さんと紋四郎さんが話し合って、小さいミニ厚あげをつくることになったのだ。

「紋四郎さんの仕事が増《ふ》えて大変じゃないの？」と聞いたら、タツキくんはニコッと笑った。

「大丈夫《だいじょうぶ》！　ミニ厚あげはワンコイン・イベントで『バンブー』とのコラボ商品として売り出すねん。評判《ひょうばん》よかったらレギュラーにするって、おじいちゃんも張り切ってるし。」

厚あげカレーもたくさんの人が「また食べたい。」って言ってくれたら、日替《ひが》わりカレーのメンバーに入るかも……！　そうなったらいいなぁと思いながら、わたしはみんなが食べるのを見守った。


「美味《おい》しいです！　わたし、紋四郎さんのお豆腐《とうふ》も大好きだから、うれしいですね。」

「切ってるのかと思うたら……小さい厚あげなんですね。かわいい！」

「ふっふっふ、うちの新戦力ですぞ。」

「アボカドをカレーに入れるって珍《めずら》しいねぇ。」

西村さんが事務局のみんなに見せたいから、と写真を撮《と》っている。

浩司さんが口を開いた。

「皆《みな》さん、だれが考えたのかってことはちょっと横においといて。このカレーについて、意見やアドバイスをエンリョなく聞かせてください。」

最初に手を上げたのはラジーブさんだった。

「美味しいけど、ほんのちょっとボソッとしてるなぁって感じです。もうちょっとサラッとしてるカレーのほうが、わたしは好きですね。」

わたしはノートに『もう少しサラッと』と改良点を書いた。

せやまのおばさんも「あのぅ……。」と手を上げる。

「このアボカドはあんまり煮込《にこ》んでへんよね？」

「はい。最後に飾《かざ》りとして散らします。」

「ということは、熟《じゅく》したアボカドやないとあかんってことやんね？」

ううーん、とおばさんが考え込んだ。なんだろう、イヤな予感——わたしとショウくん、タツキくんは顔を見合わせた。

「実はね、アボカドは熟したのと熟してないのとが混《ま》ざったハコで仕入れてんのよ。このカレーのために多めに注文するつもりではいるけど……。」

なるほど、と静流《しずる》さんがうなずいた。

「完熟のアボカドの数は入荷するまでわからへんってことですよね。」

「完熟のアボカドをそろえる自信がない以上、この話、お受けでけへん……。」

ごめんなさい、とせやまのおばさんとおじさんが頭を下げる。

「あやまらないで、せやまさんっ。」

わたしは立ち上がった。

「小林のおじさんも言ってくれたんです。新しいメニューをつくるのはかんたんじゃないって。いろいろ変わるのは当たり前なんですよね？」

「そうやで。」

小林さんが大きくうなずく。

「ワンコイン・イベントで美味しいモンを食べたい、食べてもらいたいっていう気持ちはみんないっしょや。せやまさんの判断《はんだん》は正しいと思う。アボカドをあきらめるんも大事やな。」

ショウくんとタツキくんがわたしを見た。そう、アボカドを入れたいって言い出したのはわたしだから。

「アボカド、あきらめます。」

「逆《ぎゃく》になんかもうひとつ、材料足せるってことやから、なにが合うんやろかって考えるんも楽しいなぁ。」

レミさんがニコニコしながら言った。

「マイタケはどないや？」

紋四郎さんが言った。

「厚あげとキノコは相性《あいしょう》がええ。水分も出るからラジーブさんがさっき言うてたボソボソしてるんも解決《かいけつ》するんと違《ちが》うか。マイタケのうま味でええ感じになる気ぃするけどな。」

「マイタケ……。」

どんなのだっけ、と思っていたら、浩司さんが冷蔵庫《れいぞうこ》から出してきた。シメジよりも頭が平べったくて大きくて、細く裂《さ》けるキノコだ。

「アボカドからマイタケって、だいぶ味も変わるんと違いますか。」

そう言ったのは、せやまのおじさんだ。

「水分の一部を変えるのは？」

ラジーブさんが、原材料名を書いたメモを見ながら言った。

「ココナッツミルクを入れるとコッテリした味になりますね。アボカドがなくなったサポートができると思いますよ。」

ココナッツミルクは一度、コフタのときにためしたことがあった。そのときは、「ちょっとしつこい気がするよね。」と言ってナシになったのだ。

「今出た意見で、改良してみます！」

もっともっと美味しいカレーになりそうな予感がする！

「ワンコイン・イベント用のチラシにのせるから、明日の四時までに事務局にメニューを知らせてほしいんやけど、大丈夫？」

心配そうに言ったのは、事務局長の西村さんだ。

「大丈夫です！」

ショウくんがキッパリと言い切った。

ワンコイン・イベント
特別メニュー

厚あげとマイタケのスパイスカレー(4人分)のつくり方

★自宅用バージョン

材料

オリーブオイル大さじ2、
玉ねぎ1個、
厚あげ（大）2枚、
マイタケ1パック、
トマト缶（ホールでもカットでもOK）半分（200g）、
ニンニク（チューブ）2センチ、
ショウガ（チューブ）2センチ、
水 150ml、ココナッツミルク100ml、
カシューナッツ（無塩）30g、
塩小さじ1

スパイス

カルダモン（ホール）2つぶ、
クローブ（ホール）5つぶ、
シナモン（ホール）2センチ、
スターアニス（ホール）2つ、
クミン（粉）小さじ2、
コリアンダー（粉）小さじ2、
パプリカ（粉）大さじ2

★レッドペッパーは
食べる前にお好きな量を。
少しだけでも辛いので
注意！

準備

玉ねぎをうすくスライスする。厚あげはひと口の大きさに切る。マイタケはほぐしておく。カシューナッツをミルで粉末にする。ホールのスパイスをミルで粉末にして粉のスパイスと混ぜ合わせる

つくり方

1. フライパンにオリーブオイルを熱して、ニンニクとショウガを炒める（中火）
2. 香りが出たら、うすくスライスした玉ねぎを入れて、クタッとして茶色になるまで炒める（中火）
3. **2**にトマト缶を加えて、トマトをつぶしながら炒める（中火）
4. **3**に準備しておいたカシューナッツ、スパイス、塩（半分）を入れて、よく混ぜながら1分炒める（弱火　★スパイスはこげやすいので注意！）
5. **4**に厚あげとマイタケ、水を加え中火にする。ふっとうしたら、フタをして10分煮込む（弱火　★時々フタをとって、厚あげをつぶさないようやさしくかき混ぜる　★やけどに注意！）
6. **5**にココナッツミルクを加えて中火にする。グツグツと煮立ってきたら味見をして、残しておいた塩を入れる（★入れすぎたらしょっぱくなるから注意！）
7. ごはんをのせたお皿にカレーをよそってできあがり！

16章　ワンコイン・イベント

ワンコイン・イベント前日。わたしは『バンブー』に届《とど》いたチラシを見ながらニマニマしていた。

いっぱい並《なら》んでいるイベント参加店の中に『スパイスカレー・バンブー』の枠《わく》がある。

顔が厚《あつ》あげとマイタケ、スパイスのビンという風変わりだけどかわいいキャラクターたちが手をつないでいる下に、特別メニューの説明。ちょっと丸くてかわいい文字は、色や大きさを工夫《くふう》してあるから、チラシの中で一番目立っていた。

——品川紋四郎《しながわもんしろう》商店コラボメニュー！　厚あげとマイタケのスパイスカレーはヘルシーだけどボリューミー。辛《から》さはお好みに合わせます。ワンコインで「美味《おい》しい！」に出会ってみませんか？

三人で考えた文章をタツキくんが「ボクにまかしとき。」とササッと目立つように書いて、イラストまでつけてくれたのだ。

「『品川紋四郎商店』の値札《ねふだ》と同じ絵と文字だぁ……！」

「ポップって言うねんで。こういうの書くん好きやねん。お母さんに教えてもらって、ウチのは今、全部ボクが書いてる。」

タツキくんは小さめのスケッチブック三冊《さつ》に『厚あげとマイタケのカレーのヒミツ、教えます！』っていう説明も書いてくれた。

具材はどこのお店で仕入れたのか、スパイスはなにを使っていてどういう効果《こうか》があるのか——スパイスのイラストもついていて、わかりやすい！

「どうしてスケッチブックにしたの？」

「カウンターに立てといたらジャマにならへんし、ペンが結びつけれるやん？　ほんで、あいてるページにお客さんの感想書いてもらおうと思って。」

ページをめくると『この特別メニューのレシピは、夏休みの自由研究で小学五年生が考えました。ご感想やご意見、お聞かせください！』と書いてあった。三冊だから、ひとり一冊ずつ、自由研究の提出《ていしゅつ》用に使える！

「めっちゃええアイデアやな、タツキ。」

「せやろ〜？　あとでカレー会議のときのメモ、全部コピーしてわたすから、自由研究も完成して一石二鳥やで〜。」

すごいなぁ、とわたしはためいきをついた。

「ショウくんもタツキくんも、好きなことがこんなふうにお店の役に立つってすごいね。」

「ハルカちゃんもやんか。」とショウくんが言った。

「ハルカちゃんが美味しいものが好きで、美味しいにおいが好きやから、このカレーができたんやと思う。」

うんうん、とタツキくんもうなずいた。

たしかに、このカレーにはわたしの好きなものがいっぱい詰《つ》まっている。『紋四郎商店』の厚あげ。スパイスもシナモン、スターアニス、コリアンダー……。

わたしはチラシに目をもどした。

お客さんが食べたいって思ってくれるように三人で考えた文章。このチラシを見た人がたくさん、『バンブー』にきてくれますように。

だって、本当に美味しいカレーができたんだから！

他のお店も美味しそうだったり、お得《とく》だったりするメニューがチラシにはいっぱいのっていた。

百円のメニューは駄菓子《だがし》四種類選び放題とか、ポップコーンミニサイズ、ハズレなしのキャンディくじ、ミニわたあめづくりの体験会！

五百円はケーキセット、たこ焼きとお好み焼きのコンビセット、たい焼き六種類食《た》べ比《くら》べセット、焼き鳥盛《も》り合《あ》わせ……美味しそうなメニューが並んでいる。

『せやまフルーツ』さんは『旬《しゅん》のカットフルーツおためしパック　五百円！　次回使える割《わり》引券《びきけん》つき！』だ。人気のスイカやパイナップル以外にも、ドラゴンフルーツっていうくだものを入れる予定なんだって。ドラゴンフルーツって食べたことがない。どんな味なのかな。

『ベーカリー徳丸《とくまる》』のワンコインメニューは、ミニパン十個《こ》五百円。種類を選べてメロンパンやレーズンパン、アンパン、クリームパン。クロワッサンに蒸《む》しパン、チョコデニッシュ、明太《めんたい》フランス、ハムロール、ドーナツなどなど。

「ただいまぁ。」

静流《しずる》さんがドアを開けて入ってきた。

「おかえりなさい、あっ、包帯がない！」

「そうなの、もう動かしても大丈夫《だいじょうぶ》やから、ハルカちゃんもショウもお店のことは気にせんとイベント楽しんでね。」

キッチンで準備中《じゅんびちゅう》の浩司《こうじ》さんが、カウンターの中から出てきた。

「三人におこづかいや。」

浩司さんが取り出したのは、お金の入った封筒《ふうとう》がみっつ。

「え……、なんで、ボクまで？」

「タツキもがんばってくれたやろ。チラシも目立たせてもろて、ありがとうな。」

「やったぁっ。ありがと、浩司さんっ。」

「全部の店や企画《きかく》を回るんはムリやろうから、よう考えて使うんやで。」

「うん！　わたし、ラジーブさんの四十分間の体験ヨガ行ってみたいなぁ。」

「わたあめ屋さんはこの日だけの出張《しゅっちょう》やから、貴重《きちょう》やで。わたあめ、自分でつくらせてもらえる。好きな色にできるで。」

「ボクとショウは去年やったよな。めっちゃ変な色になってオモロかったなぁ。」

「じゃあ、それと――おせんべい手焼き体験も行きたい！」

『摂津屋《せっつや》』さんの手焼き体験はめっちゃ人気やで。整理番号が出るはずやから、先に番号もらいに行こ。」

わたしは自分用にもらったチラシの、行きたいお店に印をつけた。


初日の土曜日。

わたしは『バンブー』が開店する前に、トクさんのお店に行ってミニパン十個をワンコイン、五百円で買ってきた。

「どないやった、トクさんのとこ。」

「お客さん、多かったぁ。落ち着いて買えるように店内に入れるのは五組ずつって制限《せいげん》かけてたよ。」

さすが、夏休み最後のイベント！　いつもよりも子どもや家族づれが多かったし、聞こえてくる言葉も関西弁《かんさいべん》だけじゃなかった。

わたしはショウくんやタツキくんと、手焼きせんべい体験の整理番号ももらってきた。二時の回だ。

浩司さんと静流さんのお昼ごはん用に『お好み焼きと焼きそば、たこ焼きの贅沢《ぜいたく》セット五百円』と『たい焼き六種類食べ比べセット』を買ってきて、トクさんのパンといっしょに、奥《おく》の小部屋に置いておいた。

いつもはカレーがなくなったらお店を閉《し》めちゃうんだけど、イベントの二日間は特別。浩司さんはカレーが減《へ》ってくると追加して夕方までがんばる予定だから、パッと食べられるようなものがいいと思ったんだ。

『スパイスカレー・バンブー』も開店前からお客さんが並んでいた。静流さんは「イベントを楽しんで。」って言ってくれたけど、わたしとショウくんはいつも通り、洗《あら》い場《ば》を担当《たんとう》したいっておねがいした。

「だって――自分たちが考えたカレーをお客さんが食べるところを見られるんだよ？」

「そうやで。そんな機会、初めてやもんっ。」

「わかった、わかった。それならたのむ。でも、お客さんが食べるとこ、じ――――っと見るんは失礼やからな。さり気なくやで。」

今日は家族づれの人もたくさんきてくれた。子どもだけでっていうお客さんも多かった。

タツキくんが宣伝《せんでん》してくれたおかげみたい。

「ショウくんのカレー食べにきたで！」

開店してすぐ、女子ふたりが洗い場近くの席に座《すわ》った。ふたりは辛さ1を注文すると、わたしの顔を見た。

「ハルカちゃん、やんね？」

「えっ、どうしてわかったの？」

「タツキくんが描いた似顔絵《にがおえ》と同《おんな》しやもん！」

アオイちゃんって子がスマホの画面を見せてくれた。『ショウとハルカちゃんとボク、三人が考えた特別メニューのカレーが出るから食べに行って～絶対《ぜったい》に美味しいから！』っていう文章に、ショウくんとわたしが包丁で玉ねぎを切っているイラストが貼《は》られていた。たしかにソックリだ……。

アオイちゃんがカレーの写真を撮《と》った。ネットにアップして宣伝してくれるんだって！

ふたりは美味しい美味しいって食べてくれて、スケッチブックにも「あ、一番のりや～。」と言いながら、感想を書いてくれた。

そのあとも、ショウくんのクラスメイトが子ども同士《どうし》や家族できてくれた。最初、ちょっと恥《は》ずかしそうにしてたショウくんだけど、みんなから「めっちゃ美味しかった！」「また違《ちが》うカレーも食べにくるわ。」っていう声を聞いて、どんどん笑顔《えがお》になっていく。

美味しいものって食べる人だけじゃなく、つくる人も笑顔にするんだ――。


昼からはショウくんやタツキくんといっしょにイベントを楽しんだ。

ラジーブさんのヨガは空き店舗《てんぽ》を借りてやる、出張型《しゅっちょうがた》のメニュー。イスに座ってやるから、お年寄《としよ》りも子どもも気軽に参加できる。

例の「吸《す》って吐《は》いて」の呼吸法《こきゅうほう》をやったあとで、ゆっくりしっかり体のあちこちを伸《の》ばしたり、縮《ちぢ》めたり。

「ムリせずにエンジョイ！　ですね。リラックス！」

必死でヨガのポーズをやっていたら、ラジーブさんがそう言ってニコッと笑いかけてくれた。笑い返すと、ふっと力がぬけて気持ちよく体が伸びる。

帰るときには、奥さんのカナコさん手作りのスパイスティーのティーバッグをプレゼントしてもらえた。お得だ！

わたしたちは遅《おそ》めのお昼ごはんを買うと、公園につくられた飲食スペースへ行った。運動会のときみたいにテントがたくさん建てられていて、日かげがいっぱい、イスもいっぱい。

わたしは小籠包《ショーロンポー》とドリンクのセット、ショウくんは『半月《はんげつ》』さんで買ったイカ焼きとドリンクセットに『せやまフルーツ』さんの『旬のカットフルーツおためしパック』、タツキくんが焼き鳥のパックとハムエッグのクレープ。

ちょっとずつ分けっこしながら、食べる。

「焼き鳥、すごい量やなぁ。これ何種類入ってんの？」

「五種類やって。めっちゃ並んでたなぁ。」

「安いもんな。あっ、ハルカちゃん、これやでドラゴンフルーツ。竜のウロコみたいなトゲトゲの皮！」

皮も実も真っ赤！　実には黒ゴマみたいな小さい種がいっぱい詰まっている。もらった一切れを恐る恐るかじってみると――。

「シャクシャクしてて甘い！　ちょっとだけ酸《す》っぱくてキウイに似てる、かも？」

「タツキも食べや。」

「ショウの分がなくなるやん。」

「今度コレで買うから大丈夫。」

ショウくんがおためしパックについていた割引券を笑顔で見せた。

「ほんなら、もらうわ。その代わり焼き鳥好きなだけ食べて！」

「小籠包も熱いけど美味しいよ。ショウくんとタツキくんも食べて食べて。」

小籠包にフゥフゥ息を吹《ふ》きかけながら食べる。

食べ終わったら、ちょうど手焼きせんべい体験の時間近くになっていた。


おせんべいは『摂津屋』のおじさんみたいにうまくひっくり返せなかったり、うっかりこがしたりしちゃったけど、少しふくらんで大きくなったおせんべい三枚《まい》におしょうゆを塗《ぬ》ると、ジュッていう音とともに、いいにおいがした。

二枚は持って帰って浩司さんと分けっこすることにして、ちょっとこがしちゃった一枚をお店のイスに座って食べた。焼きたてのおせんべいを食べるのなんて、初めてだった。あったかくてパリッとしてる。

ショウくんとタツキくんはわたしの次の組。真剣《しんけん》な顔でおせんべいをひっくり返しているのを見ていたら、『摂津屋』のおばさんが紙コップに入ったお茶を出してくれた。『お茶の不《ふ》二園《じえん》』さんとのコラボで水出し茶だ。『お茶の不二園』ではお茶を買うと、『摂津屋』さんのベビーカステラの試食ができるんだって！

「ハルカちゃん、どない？　できたてやし、自分で焼いたからめちゃくちゃ美味《うま》いでしょ。」

「はい！　今度はベビーカステラもやりたいです！」

「あれはなかなかむずかしいからねぇ。でも、おじさんに言うてみるわ。毎年、こんなふうにお客さんの感想や意見を聞いて、来年の参考にすんのよ。みんなの笑顔見てたら、もっと美味しいモンを、もっと楽しいモンをって思えるからねぇ。」

おばさんの言うこと、めちゃくちゃわかる。特別メニューを考えるのは大変だけど、とっても楽しかったから。


イベント二日目はお客さんがさらに増《ふ》えた！

お昼ごはんを食べに出たわたしとショウくんは心配になって、お店にもどってきた。もどってきてよかったって思ったのは、それから三十分後。

お客さんが多すぎて、思っていたよりも早く用意していた厚あげがなくなってしまった。

「ハルカ、ごめんやけど、取りに行ってきて！　紋四郎さんとこに電話しとくから！」

「ハイ！」

わたしはエプロンをはずすと、お店を飛び出した。

そんなふうに大忙《おおいそが》しだったイベント二日目の夜。片《かた》づけをしたあとの『バンブー』でお疲《つか》れさま会をした。

メンバーは試食会のメンバーとほぼ同じ。事務局長《じむきょくちょう》の西村《にしむら》さんはさすがに忙しくてこられなかった。

みんなが持《も》ち寄《よ》ったごはんを食べていたら、浩司さんが立ち上がった。

「えー、ここで重大ニュースがふたつ、ありますっ。」

なんだろう。ショウくんもタツキくんも首をかしげている。

「本日の、『品川紋四郎商店』とのコラボメニュー、厚あげとマイタケのカレー、大変好評《こうひょう》だったので、レギュラーメニューにします！」

みんながワァッと拍手《はくしゅ》した。もちろん、わたしたちも。

「紋四郎さん。そんなわけやからミニ厚あげ、これからもよろしくお願いします！」

「もちろんや。うちもふだんとは違うお客さんがカワイイって買いにきてくれたし、定番品の仲間入りやな。」

「浩司さーん、ふたつめは？」

『せやまフルーツ』さんが持ってきてくれたフルーツ盛り合わせをパクパク食べながら、レミさんが催促《さいそく》する。

「ふたつめは――。」

浩司さんがわたしたちのほうを見た。

「幻《まぼろし》の、コフタカレーもレギュラーメニューにします！」

わたしたちは思わず立ち上がって、「やったぁ。」と喜《よろこ》びあった。お肉屋さんの小林《こばやし》さんと、せやまのおじさんもハイタッチしてる！

「こふだ？」「子豚《こぶた》か？」「なんや、それ？」と首をかしげている人たちに、浩司さんが説明してくれた。

「今回の特別メニューをつくる途中《とちゅう》でショウ、タツキ、ハルカが考えた肉団子《にくだんご》とアボカドのコフタカレーです。こっちは『肉のこばやし』さんと『せやまフルーツ』さんとのコラボ！楽しみにしておいてください！」

わたしたちに、みんなが拍手を送ってくれた。

「そして！　明日、横浜《よこはま》に帰ってしまうハルカちゃんに花束贈呈《ぞうてい》です！」

「ええっ？」

静流さんに言われて、すごくすごくおどろいた。聞いてないよっ。

いつの間にかいなくなっていたショウくんが、小さな花束を持って現《あらわ》れた。

「この花束は、ハルカちゃんのためにチョコの花束にしたそうです。」

スティックがついてる丸いチョコレートを束ねてあって、本当の花束みたいに見える。

「グルメロードの『洋菓子《ようがし》のルパン』さんにこっそり、お願いしててん。」

「ありがとう……！」

色とりどりの銀紙に包まれた「花」からはミルクチョコ、ダークチョコ、ホワイトチョコ。ストロベリーやキャラメル、レーズンやオレンジのにおいがした！

「そして、もうひとつ。今回お店に置いていたスケッチブックの贈呈です。」

現れたのはタツキくん。スケッチブックとぶあつい封筒を差し出しながら言う。

「お客さんに感想を書いてもらったスケッチブックは一冊ずつ分けっこしました。封筒の中は、厚あげとマイタケのカレー、コフタカレーへの道を書いたレポートのコピーです！」

封筒には、タツキくんがクラスメイトに送ってくれた招待《しょうたい》メールにくっついていたわたしとショウくん、そして、タツキくんの似顔絵が描かれていた。

「これで今年の自由研究は三人ともバッチリやで。」

「うん……。ありがとう!」

最後は全員で記念撮影《さつえい》。

花咲町《はなさきまち》の、美味しくて楽しい時間が終わっちゃうよ——。

わたしは必死で笑顔をつくりながら、封筒とスケッチブック、チョコの花束をぎゅっと抱《だ》きしめた。

17章　さよなら、花咲町《はなさきまち》

翌日《よくじつ》、わたしは浩司《こうじ》さんと静流《しずる》さん、花咲町のみんなにお別れを言って駅へ向かった。

ショウくんとタツキくんが荷物を持ってくれた。新大阪まで送ってくれるんだって！

わたしは駅前で花咲町商店街と、その向こうのグルメロードに向かって大きく頭を下げた。

「あーあ、花咲町のにおいとお別れだぁ。」

「花咲町のにおいって、どんなん？」

「決まってるじゃない――。」

「「「美味《おい》しいにおい！」」」

三人の声がそろって、わたしたちは笑いながら駅の階段《かいだん》を上った。

「美味しいにおいは横浜《よこはま》にもあるけど……、浩司さんちや『バンブー』みたいにスパイスのにおいはしないから、絶対《ぜったい》にさびしくなるよね。」

ママやパパ、おねえちゃんに会えるのはうれしいけど、ショウくんやタツキくん、浩司さんや静流さん、ラジーブさんたちがいない生活に慣《な》れるのには時間がかかりそうだ。

「わたしがふたりいたら、同時に両方の場所にいられるのになぁ。」

「ボクもふたりおったら、ハルカちゃんについて行きたいわ。ハルカちゃんちに泊《と》めてもらって、東京とか横浜でめちゃくちゃ遊ぶねん。」

「タツキ。あり得《え》へん話はやめといたほうがええで。」

「もう。おまえも乗ってきてぇなぁ、ショウ。」

「ふたりとも、いつか本当に遊びにきて。横浜、案内するからね！」

そんなことを話している内に新大阪に着いてしまった。


「ハルカちゃん、またきてな。ほんで三人で新しいレシピ考えよ。」

「次も『紋四郎商店《もんしろうしょうてん》』とのコラボやな！」

「それまでにひとりでカレーをつくれるようになっておくね！」

乗る予定の新幹線《しんかんせん》『のぞみ』がもうすぐホームに入ってくる、という表示《ひょうじ》が出た。

「ショウくん、タツキくん。ありがとう。ふたりのおかげで夏休み、すっごく楽しかった！」

わたしはショウくんからキャリーケースを、タツキくんからリュックを受け取ろうとした。

「その前に。これ、ボクとタツキから。」

ショウくんが紙袋《かみぶくろ》を差し出した。長方形の木の箱が入っている。

「え、なに……？」

箱を取り出してそっと開けると、中にはスパイスのボトルが十個《こ》入っていた。

クミン、コリアンダー、ターメリック、クローブ、スターアニス、カルダモン、レッドペッパー、フェヌグリーク、パプリカ、そして、シナモン――！

わたしがこの三週間で出会って、いっぱいにおいをかいだ大好きなスパイスたちだ。

「やっぱり、ハルカちゃんにはスパイスセット、持っといてもらいたいなって思ったから。」

「ありがとう……。」

それ以上、なにも言えなかった。言ったら、涙《なみだ》が出そうだった。

横浜に帰ってもわたしはこの夏休みをずっと覚えていると思う。そして、また絶対、花咲町にもどってくる。

美味しいにおいと出会うために。美味しいものを食べるために。みんなと会うために！

ベルが鳴り、わたしは新幹線に乗《の》り込《こ》んだ。

席についたときには新幹線は動き始めていて、ホームで手をふるショウくんとタツキくんがあっという間に見えなくなった。

膝《ひざ》の上にのせた紙袋をのぞく。新品のスパイスがいっぱい詰《つ》まった箱。

さびしいけど、わたしは知ってる。

スパイスのにおいをかいだら、きっと元気になる。この夏休みのあんなこと、こんなことを思い出して幸せな気分になる——。

帰ったら、パパとママ、おねえちゃんのためにスパイスカレーをつくろう。このスパイスで。

——バイバイ、またね。

わたしはもうすっかり見えなくなった花咲町に向かって、小さく手をふった。

〈参考文献《さんこうぶんけん》〉

『印度《いんど》カリー子《こ》のスパイスカレー教室』印度カリー子（誠文堂新光社《せいぶんどうしんこうしゃ》）
『おいしい＆ヘルシー！　はじめてのスパイスブック』カワムラケンジ（幻冬舎《げんとうしゃ》）

谷口雅美（たにぐちまさみ）

兵庫県尼崎市在住。神戸女学院大学卒業。「99のなみだ」「最後の一日」「99のありがとう」などの短編小説集に参加。『大坂オナラ草紙』で講談社児童文学新人賞佳作入選。その他著書に『殿、恐れながらブラックでござる』『殿、恐れながらリモートでござる』（講談社文庫）『私立五芒高校　恋する幽霊部員たち』（講談社）など。

わたしのカレーな夏休《なつやす》み

2024年 6 月25日　第 1 刷発行
2024年 8 月23日　第 2 刷発行

著者――――――谷口雅美《たにぐちまさみ》
画――――――KOUME
装丁――――――岡本歌織(next door design)
発行者――――――森田浩章
発行所――――――株式会社講談社
〒112-8001
東京都文京区音羽2-12-21
電話　編集　03-5395-3535
販売　03-5395-3625
業務　03-5395-3615
印刷所――――――株式会社新藤慶昌堂
製本所――――――株式会社若林製本工場
本文データ制作――講談社デジタル製作

N.D.C.913 174p 20cm ISBN978-4-06-535236-6

本書は書き下ろしです。

谷口雅美の本

『大坂オナラ草紙』

古文書を見て江戸時代へタイムスリップした平太はオナラを駆使し時空を行き来し、現代では学級新聞係、江戸ではかわら版絵師に挑戦する。

人情あふれるエンターテイメント小説。

『私立五芒高校 恋する幽霊部員たち』

入学式の日に校内で迷った要が、渡り廊下で会ったのは色白美少女の幽霊？
1話5分で読めるキュートな学園オカルト＆ラブ短編連作集。